SPÉCIALITÉ **TERMINALE**

STUDYBAC

HISTOIRE-GÉOGRAPHIE, GÉOPOLITIQUE ET SCIENCES POLITIQUES

AUTEURS

Paul-André Havé
est agrégé d'histoire-géographie. Après des études d'histoire à Strasbourg, il enseigne l'histoire-géographie en lycée.

Alexandra Monot
est agrégée et docteure en géographie. Après des études de géographie à la Sorbonne, elle a été professeure en collège et lycée et enseigne aujourd'hui à l'université de Strasbourg.

Studyrama

STUDYBAC

Des cahiers innovants pour apprendre en s'amusant !

Conformes aux programmes du nouveau Bac, ces cahiers ont été conçus par des professeurs sensibles à une méthode d'apprentissage issue de la pédagogie positive.

Ils comprennent l'essentiel à connaître, et proposent de nombreux jeux et exercices, ainsi que des cartes mentales ou des synthèses visuelles propices à la stimulation, la motivation et la concentration.

À vous de jouer !

Tronc commun

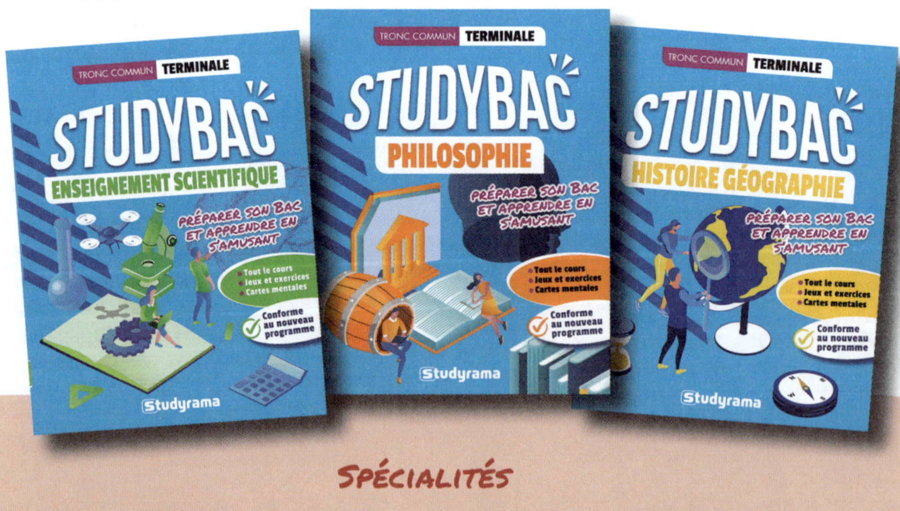

Spécialités

- Sciences économiques et sociales, Terminale
- Histoire-géographie, géopolitique et sciences politiques, Terminale
- Physique-chimie, Terminale
- Mathématiques, Terminale
- Sciences de la vie et de la Terre, Terminale
- Humanités, littérature et philosophie, Terminale

Sommaire

● Année paire ● Année impaire

À FAIRE

Objectifs du jour Date : ....

1

☐ Fait

2

☐ Fait

3

☐ Fait

NOTES

Objectifs du jour Date : ....

1

☐ Fait

2

☐ Fait

3

☐ Fait

NOTES

Objectifs du jour Date : ....

1

☐ Fait

2

☐ Fait

3

☐ Fait

NOTES

Objectifs du jour Date : ....

1

☐ Fait

2

☐ Fait

3

☐ Fait

NOTES

À FAIRE

Objectifs du jour — Date : ....

1 ☐ Fait
2 ☐ Fait
3 ☐ Fait

NOTES

Objectifs du jour — Date : ....

1 ☐ Fait
2 ☐ Fait
3 ☐ Fait

NOTES

Objectifs du jour — Date : ....

1 ☐ Fait
2 ☐ Fait
3 ☐ Fait

NOTES

Objectifs du jour — Date : ....

1 ☐ Fait
2 ☐ Fait
3 ☐ Fait

NOTES

Auditive, kinesthésique ou visuelle : quel est votre type de mémoire ?

Pour bien vous connaître, voici un petit test à réaliser pour comprendre comment fonctionne votre mémoire.

Pour vous concentrer, vous avez tendance à :

- fermer les yeux .... ■
- mâchouiller votre stylo .... ▲
- vous boucher les oreilles .... ●

Pour réviser, vous avez besoin de :

- réécrire l'essentiel sur des fiches .... ▲
- réciter votre cours à haute voix .... ●
- relire vos notes encore et encore .... ■

Quand vous travaillez, vous êtes :

- si concentré(e) que vous en oubliez le monde qui vous entoure .... ●
- obligé(e) d'être dans un endroit familier .... ▲
- facilement déconcentré(e) par ce qui se passe autour .... ■

En cours, vous êtes plutôt du genre à :

- regarder le tableau ou la fenêtre .... ■
- écouter le professeur ou vos camarades .... ●
- vous balancer sur votre chaise .... ▲

Pour apprendre vos cours, vous préférez :

- les réciter à haute voix en marchant .... ▲
- lire vos fiches et des ouvrages .... ■
- écouter votre professeur en classe en étant très concentré(e) .... ●

CALCULEZ VOTRE RÉSULTAT !

Vous avez + de ▲

votre mémoire est surtout kinesthésique

Conseil : faites et refaites les exercices de ce cahier. Les rappels de cours et les synthèses graphiques vous aideront à les réussir haut la main. Vous aimez le concret et les expériences. Vous vous rappelez plus facilement ce que vous avez vécu. Vous êtes sensible aux émotions et aux sensations, et avez besoin de vivre les choses. Votre stylo au capuchon mâchouillé, votre crayon de toujours et votre gomme seront vos meilleurs compagnons de bataille !

Vous avez + de ■

votre mémoire est surtout visuelle

Conseil : concentrez-vous sur les cartes mentales et autres synthèses graphiques, mais n'en oubliez pas le reste pour autant. Ce cahier richement illustré vous sera d'une grande aide.
Vous aimez les couleurs et les schémas. Vous mémorisez plus facilement ce que vous avez vu. Vous êtes à l'aise avec les détails, mais il vous faut associer les idées à des images. Votre crayon quatre couleurs et vos surligneurs seront vos armes les plus efficaces !

Vous avez + de ●

votre mémoire est surtout auditive

Conseil : récitez l'essentiel du cours et faites un maximum de choses à voix haute, y compris les exercices. Vous aimez les sons et le bruit. Vous retenez plus facilement ce que vous avez entendu. Vous mémorisez surtout les idées principales, il vous faut ainsi les trier et les écouter pour qu'elles restent gravées en vous. Votre voix, un enregistreur vocal et vos écouteurs seront vos plus précieux alliés !

De nouveaux espaces de conquête

Océan et espace : quelles spécificités ?

L'océan mondial et le cosmos sont les derniers espaces non encore totalement explorés et connus des sociétés humaines. Ils représentent donc les dernières « frontières », au sens d'espaces non appropriés et territorialisés par les hommes. Mais ils sont différents : l'océan est un espace fini, délimité par les littoraux aujourd'hui fortement investis par les hommes, et peu à peu connu et maîtrisé. Sa conquête a commencé dès les Grandes Découvertes. Quant à l'espace, il est infini, investi uniquement dans l'orbite terrestre, et tout reste à faire pour sa connaissance et sa maîtrise, qui n'ont débuté que dans les années 1950.

Conquêtes, affirmations de puissance et rivalités

Les enjeux géopolitiques d'une conquête : la course à l'espace

La course à la Lune, des années 1950 aux années 1970

À ses origines, la conquête spatiale s'inscrit dans le contexte de compétition entre les deux grandes puissances de la Guerre froide : les États-Unis et l'URSS. Elle a alors deux objectifs principaux : participer à la course à l'armement (fabrication de missiles intercontinentaux) et affirmer sa puissance par le contrôle de l'espace. Les deux protagonistes utilisent les scientifiques du programme nazi de missiles balistiques (V_1 et V_2).
Au début des années 1950, les premières fusées sont mises au point. Mais les Soviétiques sont les premiers, en 1957, à lancer un satellite dans l'espace, *Spoutnik 1*, et à y envoyer un être vivant, la chienne Laïka. En 1961, le premier vol habité d'une fusée est réalisé par le Russe Youri Gagarine. En réaction, les États-Unis créent en 1958 la NASA et lancent le programme Apollo chargé de partir à la conquête de la Lune. Ce dernier aboutit le 21 juillet 1969 aux premiers pas de Neil Armstrong et Buzz Aldrin sur la Lune, lors de la mission *Apollo 11*.

De nouveaux objectifs et de nouveaux acteurs depuis les années 1970

Les coûts des programmes spatiaux conduit à leur mise en pause dans les années 1970, d'autant plus dans un contexte de difficultés économiques et sociales. En 1975, les vaisseaux russe et américain s'arriment pour la première fois. Néanmoins, en 1983, Ronald Reagan, président des États-Unis, lance l'« initiative de défense stratégique » ou « guerre des étoiles » (création d'un bouclier spatial contre les missiles balistiques par un réseau de satellites).
En même temps, de nouveaux objectifs sont donnés aux programmes spatiaux : l'exploration de l'espace et son exploitation, grâce à la création de stations orbitales permanentes habitées (Mir côté russe, Skylab côté américain). La NASA développe également une navette réutilisable, moins coûteuse, *Enterprise*, en 1976, puis *Columbia*, *Challenger*, *Discovery*, *Atlantis* et *Endeavour*.
D'autres pays affirment peu à peu leur puissance par des programmes spatiaux, notamment depuis la fin de la Guerre froide. La France lance son premier satellite en 1965, à l'origine du programme européen Ariane (1973) et de l'Agence spatiale européenne (1975). La Chine multiplie les lancements de satellites depuis 1970, puis les vols habités depuis 2003. L'Inde, le Brésil, le Japon et d'autres suivent. Aujourd'hui, 50 pays possèdent des satellites, militaires et civils. L'arrivée de ces nouveaux États, notamment émergents, a relancé la course à l'espace tandis que de nouveaux acteurs se développent depuis les années 2000 : les entreprises privées.

Affirmer sa puissance à partir des mers et des océans

Les mers et les océans, espaces de puissance

Les 71 % de la surface du globe recouverts de mers et d'océans portent des enjeux majeurs pour leur appropriation et celle de leurs ressources. S'ils jouent un rôle important dans la mondialisation, ils sont aussi des espaces d'affirmation de la puissance des États. Ces derniers s'efforcent de contrôler et de sécuriser les routes maritimes, notamment au niveau des **passages stratégiques** que sont les détroits et les canaux interocéaniques (Suez et Panama). Ils tentent aussi de s'approprier des territoires maritimes toujours plus vastes. L'appropriation de ces espaces relève d'une projection en mer des puissances continentales et fait l'objet de tensions entre puissances. La course à la mer est ainsi révélatrice de la hiérarchie des puissances dans le monde actuel.

Aujourd'hui, 36 % de la surface marine mondiale sont appropriés par les États. Sur les 15 pays aux plus vastes territoires maritimes, 14 sont des pays développés (États-Unis, France, Australie, Russie, Nouvelle-Zélande, Canada, Royaume-Uni, Japon, Danemark) ou des pays émergents (Indonésie, Chine, Chili, Brésil, Inde).

Forces navales et dissuasion nucléaire maritime

La course à l'armement naval a débuté en Extrême-Orient depuis les années 2010 et est menée par la Chine, notamment pour affirmer sa puissance en mer de Chine méridionale où elle s'est approprié *de facto* un certain nombre d'îles et îlots transformés en bases navales et militaires. Pourtant, si la Chine est aujourd'hui la 2e **force navale** du monde, devant la Russie, elle arrive loin derrière les États-Unis qui représentent encore 44 % de la flotte mondiale.

Les tensions maritimes sont les plus nombreuses actuellement et nombre de pays, principalement émergents, investissent dans leur flotte de guerre. Cette **projection de puissance** maritime va de pair avec le report en mer de la dissuasion nucléaire terrestre, grâce à de nouvelles technologies, comme les missiles balistiques embarqués à bord de sous-marins ou de bâtiments de surface.

Vocabulaire

Passage stratégique : couloir de navigation, naturel (détroit) ou artificiel (canal), situé le long de la principale route maritime et soumis à des risques (piraterie, densité de navires, etc.).

Force navale : ensemble de l'armement naval d'un pays (nombre et types de navires de guerre, types d'armement à bord, nombre d'hommes).

Projection de puissance : capacité d'un État à transposer rapidement son armée d'un lieu à un autre.

Exercices

01 Les puissances spatiales en 2020 dans le monde

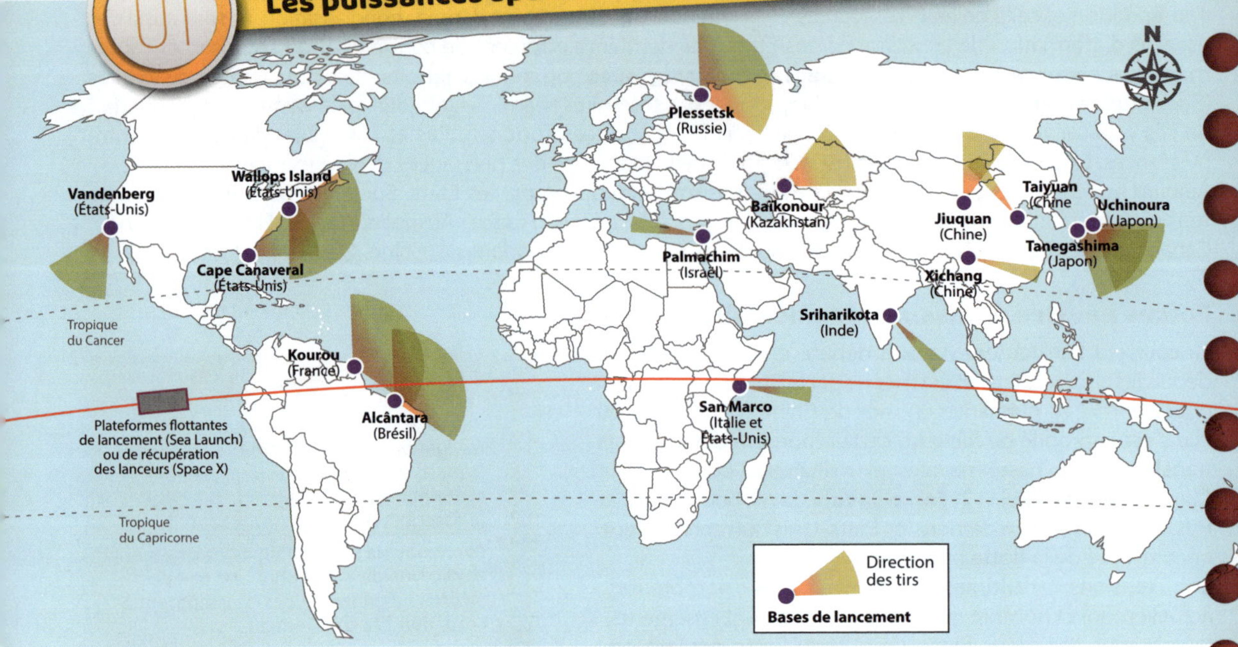

Sur la carte :

1) coloriez les pays en capacité de lancer des fusées ;

2) hachurez les deux pays à l'origine de la conquête spatiale ;

3) encadrez le nom des pays émergents ;

4) surlignez les noms des entreprises spatiales privées.

02 Les dates clés de la conquête spatiale

Reliez les bonnes dates aux bons personnages et aux bons événements.

1 Youri Gagarine

2 Laïka

3 Buzz Aldrin

4 *Enterprise*

5 Ronald Reagan

a 1er être vivant dans l'espace

b La guerre des étoiles

c 1er homme dans l'espace

d 1er alunissage

e 1re navette américaine

1976 — 1957 — 1961 — 1969 — 1983

03 La bataille navale

Le jeu de la bataille navale a été inventé pendant la Première Guerre mondiale, au moment où sont apparus les sous-marins qui coulaient nombre de bateaux de ravitaillement dans l'océan Atlantique.
Le jeu se fonde sur quatre types de navires : patrouilleur, porte-avions, destroyer (contre-torpilleur) et croiseur. **Classez ces navires de guerre selon leur importance stratégique. Complétez la liste en ajoutant les autres navires de guerre que vous connaissez.**

....
....
....
....
....

04 Les forces navales mondiales

Complétez le tableau ci-contre puis entourez en rouge les grandes puissances mondiales et en bleu les pays émergents.

Rang	Pays	Tonnage (en millions de tonnes)
1		3
2		1,2
3		1,1
4	Royaume-Uni	0,4
5	Japon	0,4
6	Inde	0,3
7	France	0,2

05 Être une puissance mondiale

Vous rêvez d'être à la tête d'une puissance mondiale. Quels sont les domaines de puissance que vous devez maîtriser ?

1) ....
2) ....
3) ....
4) ....

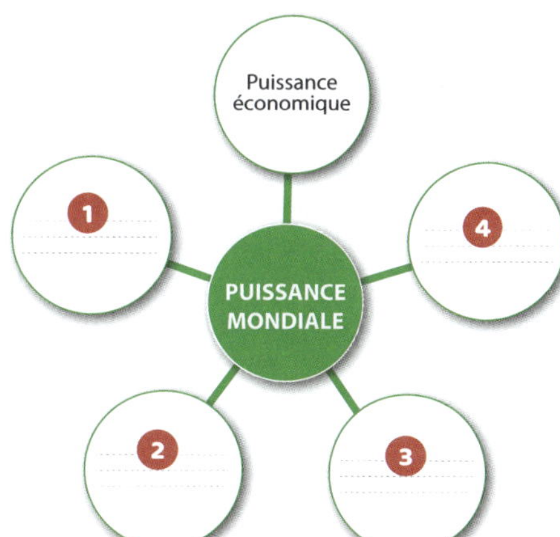

Enjeux diplomatiques et coopérations

Face aux rivalités militaires, spatiales, maritimes ou terrestres entre puissances, des négociations diplomatiques et des coopérations internationales se développent. Il s'agit d'encadrer ces rivalités pour éviter qu'elles ne dégénèrent en conflits et permettre une gestion des intérêts communs.

Coopérer pour développer la recherche : la station spatiale internationale (ISS)

Aux origines de l'ISS

Après les **stations orbitales** américaine et soviétique développées dans les années 1970, les États-Unis lancent au milieu des années 1980 un projet de station permanente en faisant appel à leurs partenaires. Le Canada, le Japon et l'Europe se rallient au projet en 1988, puis la Russie en 1993. Dans le même temps, la station russe *Mir* est exploitée conjointement par les Russes et la NASA comme laboratoire et observatoire terrestre et astronomique.

Après plusieurs années de retard et un fort dépassement des coûts, la construction spatiale de la station internationale commence en novembre 1998 par *Zarya*, le premier **module** russe. Dès novembre 2000, même inachevée, la station accueille des astronautes de façon permanente. Aux modules russes et américains, se sont ajoutés en 2008 le laboratoire européen Columbus et en 2009 des modules japonais.

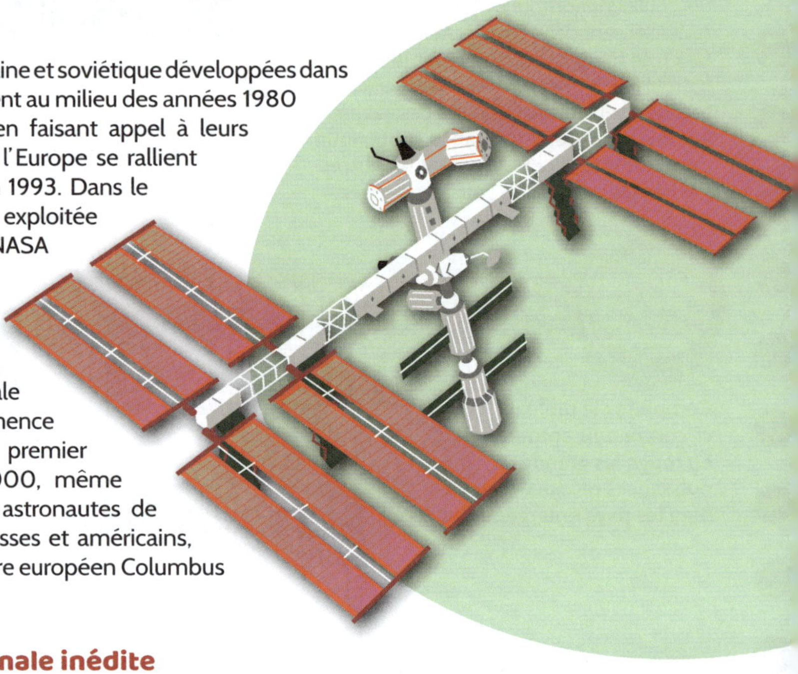

Une coopération internationale inédite

Achevée en 2010, l'ISS sert de lieu d'expérimentation scientifique, notamment sur les effets de l'apesanteur sur le corps humain, et de base pour les futures missions d'exploration de la Lune et de Mars. Les études menées portent sur la physiologie, la biologie, la mécanique des fluides et la science des matériaux. Des expériences à l'extérieur de la station (en sortie dans l'espace) sont également possibles, en exobiologie, astrophysique, physique fondamentale et observation de la Terre. Au total, l'ISS, composée d'une quinzaine de modules, couvre aujourd'hui la superficie d'un terrain de football (110 mètres de long, 74 de large et 30 de haut) et pèse près de 465 tonnes.

La construction, l'exploitation et l'utilisation de l'ISS relèvent d'accords intergouvernementaux et d'accords spécifiques entre les agences spatiales des quatre pays d'origine, de dix pays de l'Union européenne et du Brésil. Ces coopérations sont à la fois financière, industrielle, scientifique et logistique.

Vocabulaire

Station orbitale : objet spatial habité qui demeure en orbite de la Terre, à 340 km d'altitude.

Module : petit véhicule spatial devant se rattacher à un autre plus gros ou à une station spatiale.

Rivalités et coopérations dans le partage, l'exploitation et la préservation des ressources des mers et des océans

La territorialisation des mers et des océans

En 1982 est signée à Montego Bay (Jamaïque) la Convention des Nations unies sur le droit de la mer (CNUDM) qui crée les zones économiques exclusives (ZEE). Celles-ci permettent aux États côtiers d'élargir leur domaine de **souveraineté en mer** jusqu'à 200 milles nautiques (370 km) du littoral. La CNUDM codifie un droit international de la mer et accélère le processus de découpage et de territorialisation des mers selon des statuts différenciés. La **mer territoriale**, sur 12 milles (22 km), relève d'une souveraineté entière de l'État. La **ZEE**, entre 24 et 200 milles, est sous juridiction de l'État uniquement pour l'exploitation des ressources minérales, énergétiques et biologiques.

Aujourd'hui 70 % des frontières maritimes ne sont pas définis ou sont en conflit frontalier, notamment en mer Égée, en mers de Chine et en Arctique. La Cour internationale de justice et le Tribunal international du droit de la mer (TIDM) sont chargés de résoudre ces contentieux qui traduisent souvent une projection en mer de tensions terrestres.

L'exploitation des ressources des mers et des océans

Dans la ZEE, l'État côtier peut réglementer l'exploration et l'exploitation des ressources naturelles. Les ZEE représentent 8 % de la surface du globe, 36 % de la surface marine mondiale, mais 90 % des ressources halieutiques utilisées et 30 % des hydrocarbures exploités dans le monde. Au-delà, la haute mer demeure sans frontière selon la CNUDM, et les ressources, qui y sont communes, peuvent être librement exploitées. Mais les fonds marins sont exclus de cette exploitation.

Avec la croissance des besoins et l'épuisement des ressources terrestres, les ressources marines deviennent un enjeu majeur pour les États. Ils multiplient alors les demandes d'extension au plateau continental de leur ZEE de 200 à 350 milles (648 km), créant des tensions géopolitiques.

La préservation des mers et des océans

Face à cette course à la mer, l'ONU a ouvert en 2017 la négociation d'un texte juridique international contraignant pour encadrer l'exploitation des ressources marines et protéger la biodiversité de la haute mer : c'est la conférence intergouvernementale sur la biodiversité marine (BBNJ). À l'échelle nationale, les espaces marins sont préservés par le biais des aires marines protégées, qui ne représentent que 4 % de la surface océanique.

Vocabulaire

Souveraineté maritime : autorité d'un État sur ses espaces maritimes.

Mer territoriale : espace marin soumis à la souveraineté militaire et économique d'un État.

ZEE (zone économique exclusive) : espace marin soumis à la seule souveraineté économique d'un État sur les ressources.

Exercices

01 Pas facile d'être un astronaute !

Vous êtes un astronaute brésilien

1) Avez-vous la possibilité de participer aux missions de la station spatiale internationale ?

2) Quelles pourraient être les nationalités des astronautes que vous seriez susceptible de rencontrer dans l'ISS ?

3) Par quel moyen de transport arrivez-vous jusqu'à l'ISS ?

4) Votre mission est de réaliser des expériences scientifiques. De quels types pourraient-elles être ?

5) Pourriez-vous mener aussi des expériences en dehors de l'ISS dans l'espace ?

6) Quelle est la particularité de la vie à bord de la station qui explique l'intérêt de ces recherches scientifiques par rapport à celles sur Terre ?

7) Vos travaux de recherche effectués à bord ne seront-ils utilisés que par l'agence spatiale de votre pays, le Brésil ? Justifiez votre réponse.

02 Astronautes de l'ISS ou non ?

Parmi les astronautes suivants, lesquels ont participé à des missions sur l'ISS ?

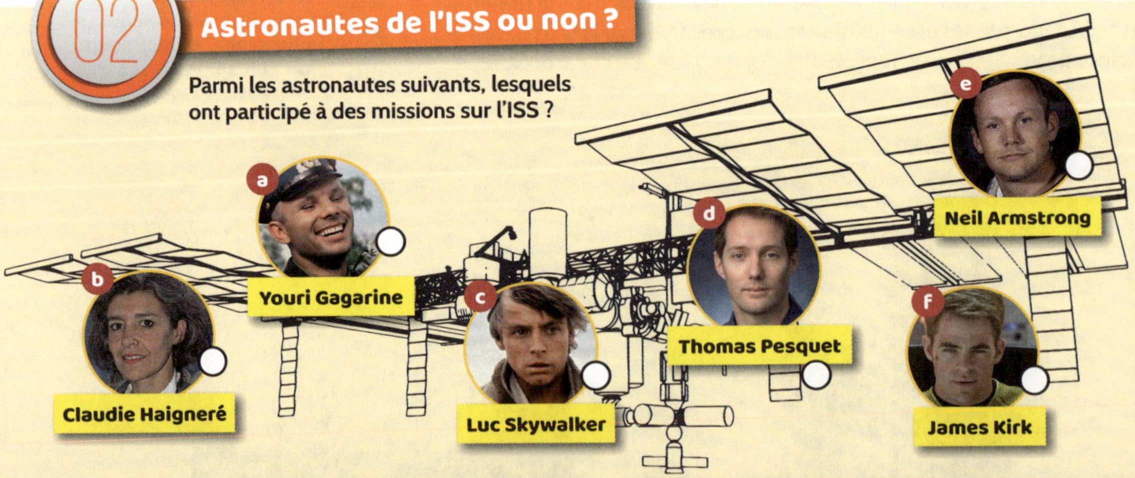

03 Les limites juridiques des espaces marins

A) En vous basant sur les pages de cours, complétez le schéma : replacez le nom des trois types d'espaces marins (d, e, f) et leur distance limite à la côte (a, b, c).

B) Cochez en vert ou en rouge les lieux d'application des droits souverains de l'État côtier sur les ressources naturelles marines sur la tranche d'eau et sur les fonds marins (A, B, C, D, E, F).

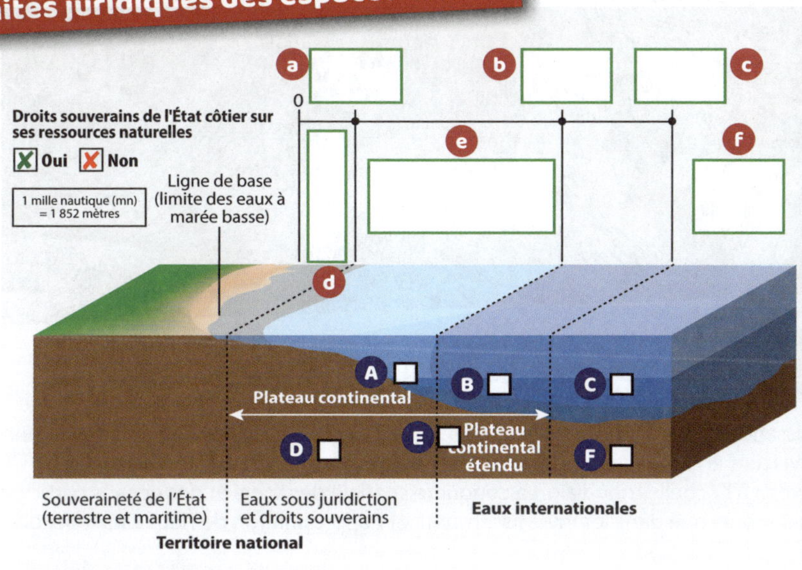

04 Les espaces marins : ressources et territorialisation

À l'aide de vos connaissances, complétez la carte mentale ci-dessous.

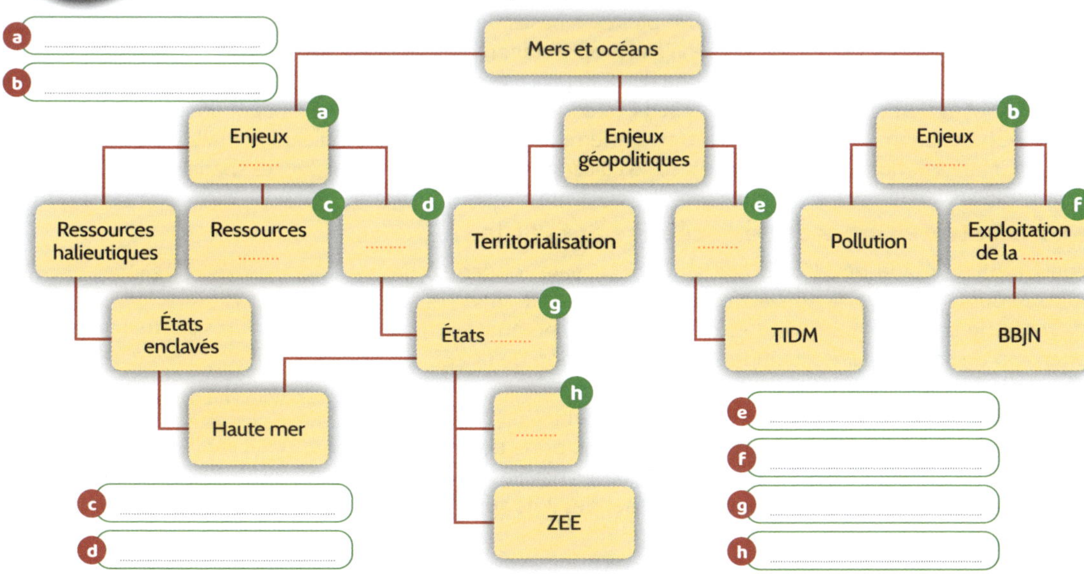

La Chine : à la conquête de l'espace, des mers et des océans

Une volonté politique d'affirmation

Puissance communiste sous Mao (1949-1978), la Chine est devenue une puissance économique à partir de son ouverture en 1978. Aujourd'hui, elle est une puissance régionale à l'échelle de l'Asie et une superpuissance en devenir à l'échelle mondiale. La conquête spatiale des mers et des océans participe de son affirmation, tant dans les discours que dans les investissements et l'appropriation de nouveaux territoires.

La conquête spatiale chinoise

La Chine est arrivée tard dans la course à l'espace, au début des années 2000. Depuis, sa stratégie vise à rattraper rapidement son retard pour développer ensuite de nouvelles technologies et des programmes spatiaux innovants. Après avoir envoyé son premier taïkonaute dans l'espace en 2003, la Chine est la première à réussir à se poser en 2013 sur la face cachée de la Lune. Elle place désormais ses propres satellites en orbite, et en nombre plus important que tout autre pays. Elle alloue le deuxième budget mondial à son programme spatial, notamment pour financer son agence spatiale (CNSA) et offre plusieurs bases de lancement sur son sol (Jiuquan, Xichang, Taiyuan et Wenchang). De 2011 à 2015, elle possédait sa propre station orbitale et en projette une nouvelle d'ici 2022. En juin 2019, elle est la 3e puissance à lancer une fusée depuis une plateforme mobile en mer. Des entreprises privées chinoises sont également apparues depuis 2014 et, soutenues par l'État, se développent dans le tourisme spatial, comme i-Space. Enfin, la Chine a annoncé en septembre 2019 son intention d'explorer la Lune et en avril 2020 d'explorer Mars. En moins de 20 ans, elle a su se placer parmi les premières puissances spatiales mondiales.

La conquête des mers et des océans par la Chine

Depuis 1985, la Chine développe une stratégie navale fondée sur la défense côtière du pays, la souveraineté sur ses eaux territoriales et la défense de ses droits maritimes et de ses intérêts, notamment par l'extension de son domaine maritime (ZEE et extension de la ZEE au plateau continental).

Pour répondre à ces enjeux, l'État investit dans la force navale (2e budget mondial), négocie des **Facilités maritimes** dans des ports de l'océan Indien et en mer Méditerranée, et construit des bases navales en mers de Chine orientale et méridionale (notamment sur des îlots appropriés de force).

> **Vocabulaire**
>
> **Facilités maritimes :** accords passés avec des autorités portuaires et/ou étatiques pour laisser le libre accès de bateaux marchands ou militaires étrangers à un ou plusieurs ports.

Des enjeux économiques et géopolitiques considérables

Les enjeux économiques de l'affirmation de la puissance chinoise

Le déploiement de la Chine vers de nouvelles frontières s'inscrit dans une volonté d'expansion économique du pays qui répond aux besoins de sa population en emplois, en produits de consommation et en niveau de **développement**. Pour ce faire, il lui faut notamment accéder à de nouvelles technologies et à des matières premières qu'elle ne possède pas forcément. Le domaine spatial lui permet de développer ses technologies, applicables ensuite dans d'autres domaines industriels (robotique, mécanique, chimie, etc.).
Depuis 2015, la Chine entend aussi développer son **économie bleue**, qui représente en 2019 15 % de son PIB, ainsi que les « nouvelles routes de la soie ». Il s'agit de routes maritimes vers l'Europe, l'Afrique et le Moyen-Orient, économiquement vitales pour le pays, lui permettant de s'approvisionner en matières premières et d'exporter ses produits. Par ailleurs, la Chine lance ses propres projets d'extraction de matières premières, notamment *off-shore* en mer de Chine du Sud ou dans l'océan Arctique, ce qui crée des tensions avec les pays riverains.

Les enjeux géopolitiques de l'affirmation de la puissance chinoise

Les ambitions économiques et politiques chinoises, d'envergure mondiale, s'expriment dans un contexte régional de concurrence avec d'autres puissances comme le Japon, l'Inde et la Russie. À l'échelle mondiale, l'affirmation de la puissance chinoise se heurte à celle des États-Unis, également très présents par le biais de leurs alliés et de leurs bases militaires en Asie Pacifique depuis la fin de la Seconde Guerre mondiale. Les **tensions géopolitiques** sont ainsi exacerbées entre puissances à toutes les échelles. Elles sont notamment visibles en mer de Chine méridionale, devenue une véritable poudrière dans un contexte local de course à l'armement naval et de heurts navals fréquents.

Vocabulaire

Développement : processus qui marque le passage d'une économie agricole et d'une société rurale à une économie et une société urbaines, ce qui permet une amélioration générale des conditions de vie de la population.

Économie bleue : ensemble des activités économiques liées à la mer (pêche, aquaculture, transports maritimes, etc.).

Tension géopolitique : contexte d'opposition diplomatique ou politique entre acteurs à différentes échelles. Cette opposition peut dégénérer en conflit et éventuellement en conflit armé.

Exercices

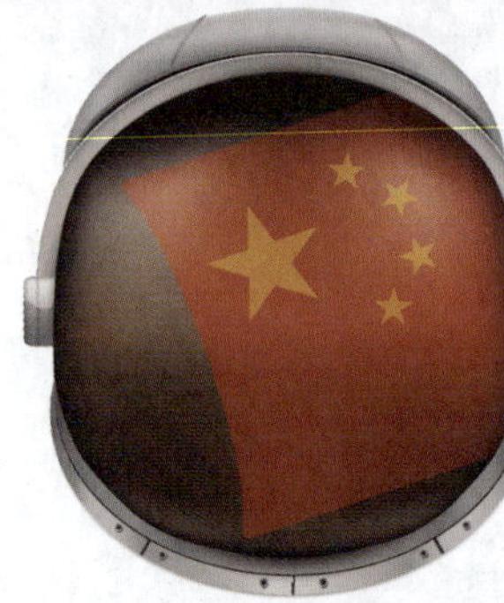

01 La conquête spatiale chinoise

Après avoir relu les pages précédentes, placez sur la frise chronologique les principales dates de la conquête spatiale chinoise.

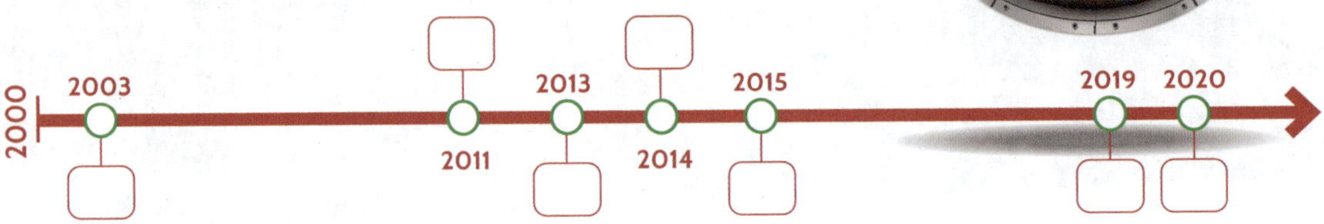

a Station orbitale

b 1er taïkonaute

c Lancement depuis une plateforme

d Nouveaux programmes d'exploration spatiale

e Entreprises privées

f 1er allunissage

02 Revendications et ambitions maritimes chinoises

Après avoir lu la carte avec attention, répondez aux questions suivantes :

1) Quelles sont les trois ambitions maritimes de la Chine ?

....

2) Sur quelles mers les effets de ces ambitions se font-ils déjà ressentir ?

....

3) Quelles en sont les conséquences géopolitiques ?

....

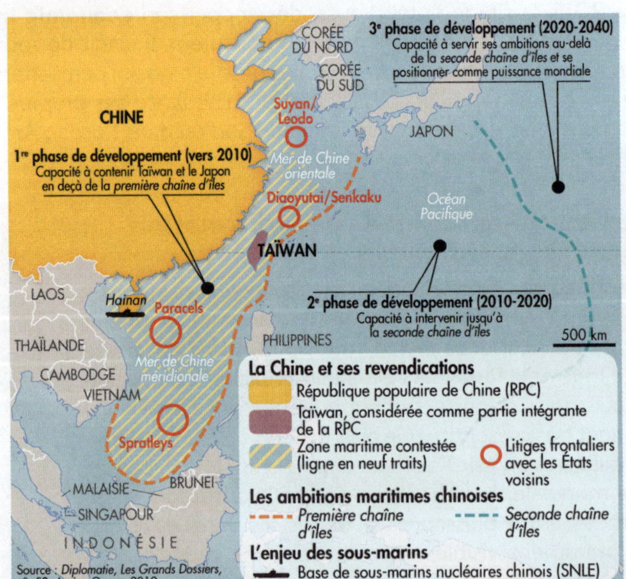

03 La Chine, une puissance ?

Pour être certain d'avoir retenu l'esentiel, répondez au QCM suivant :

1) La Chine possède la majeure partie des dix plus grands ports mondiaux.

○ **a)** Vrai ○ **b)** Faux

2) Quel est le rang du budget naval de la Chine dans le monde ?

○ **a)** 1er ○ **b)** 2e ○ **c)** 3e

3) La Chine est le premier producteur halieutique mondial.

○ **a)** Vrai ○ **b)** Faux

4) Quel est le rang de la puissance spatiale de la Chine dans le monde ?

○ **a)** 1er ○ **b)** 2e ○ **c)** 3e

5) La Chine est une puissance :

○ **a)** régionale et mondiale ○ **b)** locale et régionale ○ **c)** locale et mondiale

6) La Chine possède une force navale supérieure à celle des États-Unis.

○ **a)** Vrai ○ **b)** Faux

7) La puissance spatiale de la Chine repose sur (plusieurs réponses possibles) :

○ **a)** des bases de lancement
○ **b)** une station orbitale
○ **c)** une agence spatiale nationale
○ **d)** une navette spatiale
○ **e)** des satellites
○ **f)** sa participation à l'ISS
○ **g)** ses programmes spatiaux vers Vénus

Synthèse

De nouveaux espaces de conquête

Les dernières « frontières » des sociétés humaines, espaces de conquêtes, de rivalités et de coopérations entre puissances

Espace

La conquête spatiale (1950-2020)
- de l'affrontement militaire des États-Unis et de l'URSS durant la Guerre froide
- à un moyen d'affirmer leur statut de puissance pour les pays émergents
- et à l'irruption d'enjeux économiques pour des entreprises privées

La station spatiale internationale (1984-2020)
- d'un projet commun occidental piloté par la NASA (années 1980)
- à une coopération de grandes puissances pour créer un lieu de recherche spatiale axé sur la biologie et la physique (années 1990)
- mais aussi un point de départ et de recherche pour de futures conquêtes de la Lune et de Mars

Océan

La projection militaire maritime
- par la course à l'armement naval
- par la multiplication de bases navales
- et par la multiplication des armes nucléaires embarquées dans les forces navales

La territorialisation par le droit de la mer (CNUDM, 1982)
- création des ZEE pour exploiter les ressources
- extension des ZEE au plateau continental
- mais multiplication des conflits frontaliers maritimes
- et dégradation des ressources, d'où une volonté conjointe de préserver la biodiversité de la haute mer (BBNJ)

Conquête pour affirmer sa puissance par l'investissement et l'appropriation des espaces
Coopération pour limiter les conflits et partager les ressources

Faire la guerre, faire la paix : formes de conflits et modes de résolution

Les conflits armés actuels

La conflictualité dans le monde actuel repose sur quelques tendances :

- les **conflits armés interétatiques** sont l'exception, mais la dissémination de la violence guerrière est de plus en plus importante, notamment dans les pays des Sud. Les **guerres asymétriques** (conflits opposant des groupes de forces inégales), **civiles** (conflits entre belligérants d'un même pays) et/ou **irrégulières** (guerres menées par des acteurs non militaires recourant à des méthodes non conventionnelles) prennent le pas sur les guerres interétatiques ;
- les conflits sont de plus en plus complexes, faisant intervenir un nombre d'**acteurs** de plus en plus important (États, coalition d'États, sociétés militaires privées, groupes rebelles, groupes criminels et terroristes, OIG, ONG) et des **facteurs variés** dans leur déclenchement et leur déroulement ;
- face à cette situation, les pays assistent à une **dépolitisation** et à une **criminalisation de la violence** dans certains cas, notamment au sein des **États faibles ou faillis** dans lesquels des seigneurs de la guerre ou des groupes de rebelles peuvent prendre les armes et contrôler des pans entiers des territoires nationaux. En effet, les guerres affectent prioritairement les États qui ne contrôlent plus l'ensemble de leur territoire et ne semblent plus légitimes aux yeux des populations ;
- ainsi, les **modes de régulation des conflits** par les organisations internationales (OIG), les grandes puissances (médiation d'un État tiers) ou les organisations non gouvernementales (ONG) sont de plus en plus difficiles à mettre en œuvre ;
- en conséquence, les populations civiles sont souvent les premières victimes (enrôlées de force, massacrées, déplacements forcés, famines organisées, etc.).

La dimension politique de la guerre : des conflits interétatiques aux enjeux transnationaux

La guerre, « continuation de la politique par d'autres moyens » (Clausewitz) : de la guerre de Sept Ans aux guerres napoléoniennes

La pensée de Clausewitz

Carl von Clausewitz (1780-1831), officier prussien, rédige *De la guerre* (1832). Acteur et témoin des conflits de son temps, il acte la fin de la **guerre juste**. Par sa citation (10 juillet 1827), il fait de la guerre un moyen et non une fin. En effet, avec la Révolution française, on passe de la guerre réelle (défensive) à la guerre absolue ou totale (anéantissement). Face au coût et au manque d'adhésion des populations, Clausewitz fixe des buts politiques à la guerre et des conditions de paix permettant l'équilibre des puissances.

Napoléon Bonaparte campant avec son armée à Boulogne. Illustration issue d'un livre victorien de 1863.

La guerre de Sept Ans

Le XVIIIe siècle est le temps de la « guerre en dentelle » et du « brouillard de la guerre ». Les conflits sont permanents et leur issue incertaine en fonction des conditions matérielles des belligérants. Monopolisant la violence, les États s'appuient sur des armées professionnelles et permanentes au coût élevé.
La guerre de Sept Ans (1756-1763) est un **conflit interétatique** européen devenu mondial et **transnational**. Les alliances traditionnelles sont renversées. L'Autriche, l'Espagne, la France et la Russie s'opposent au Portugal, à la Prusse et au Royaume-Uni. Les combats se déroulent sur trois zones : l'Europe centrale ; l'Amérique du Nord et les Caraïbes ; le sous-continent indien. Il en ressort un nouvel équilibre : par le traité de Paris, le Royaume-Uni est vainqueur sans avoir triomphé militairement. Aux gains territoriaux s'ajoute le prestige de la première puissance mondiale.

Les guerres napoléoniennes

Suite à la Révolution française, l'Europe se coalise contre la France (1792-1815), qui répond aux agressions extérieures contre son nouveau modèle qu'elle parvient à diffuser par la conquête. La France se fonde sur l'enrôlement de ses citoyens (2,2 millions de soldats, 1799-1815). Napoléon Bonaparte passe de la guerre de masse à la guerre de mouvement. Il s'appuie sur cette innovation, sur la division (corps d'armée associant infanterie, cavalerie et artillerie), et mène des campagnes éclair s'achevant sur une bataille décisive (Austerlitz).
Mais la Grande Armée se heurte à la réalité du terrain et à l'impossible délégation du commandement (Espagne, 1808). Les pays vaincus, dirigés par des membres de la famille impériale, entrent en rébellion (Tyrol, Espagne). Les défaites militaires (Russie, 1812) remettent en cause le prestige du chef et conduisent à la fin du modèle.

Vocabulaire

Guerre juste : pour les chrétiens du Moyen Âge, mal nécessaire. La violence est limitée à la défense de causes justes.

Conflit interétatique : conflit entre deux États, entre un État et une coalition.

Conflit transnational : conflit dépassant le territoire d'un seul État.

Le modèle de Clausewitz à l'épreuve des « guerres irrégulières » : d'Al-Qaïda à Daesh

Apparition

L'influence occidentale, les échecs politiques et la question israélienne favorisent l'**islamisme** au Proche et Moyen-Orient depuis les années 1970 (Iran, Frères musulmans, **salafisme**). L'intervention de l'URSS en Afghanistan (1979) mène au **djihad moudjahidine** et à l'expansion de combattants étrangers, comme O. Ben Laden, qui crée Al-Qaïda (AQ, la base, 1987). Après le départ de l'URSS (1988), AQ organise des attentats contre les Occidentaux (1992), soutient les Talibans (1996) et met au point les attentats du 11 septembre 2001.

Organisation et fonctionnement

AQ veut imposer le triomphe de l'islam sur tout autre modèle. Tout ce qui est contraire doit disparaître (comme les Bouddhas de Bâmyân, détruits en 2001). C'est un groupe terroriste fondé sur une nébuleuse : la société mère se décline en filiales (AQ au Maghreb islamique, AQ en péninsule Arabique) et en groupes ralliés (Shebabs en Somalie ; Abou Sayyaf en Malaisie). En 2019, AQ est présent dans 13 pays.

Implanté en **zones grises**, AQ dispose de cellules dormantes et d'un réseau sympathisant. Le recrutement se fonde sur une intense propagande. Le financement vient des pétromonarchies et du crime organisé (trafic de drogues, d'armes, d'êtres humains). Le principe d'action est le terrorisme, même en pays d'islam (Bali, 2005 ; Casablanca, 2007).

Confrontation et évolution

L'intervention en Afghanistan (2002) repousse AQ vers les zones tribales périphériques. Il en est de même en Irak, avec la fin du régime de S. Hussein, réputé soutien d'AQ (2003). La mort d'O. Ben Laden (2011) est considérée comme la fin d'AQ. Mais ces conflits provoquent le chaos dans les pays et l'insécurité pour les civils en raison de leur caractère **asymétrique et irrégulier**, et font d'AQ un recours.

En 2006, AQ en Irak et ses groupes alliés créent l'État islamique (EI), devenu EI en Irak et au Levant (EIIL, Daesh, 2013). Profitant du Printemps arabe (2011) et de la passivité occidentale, l'EIIL conquiert un vaste territoire et s'émancipe d'AQ. En 2014, A.B. Al Baghdadi y proclame le califat (250 000 km² entre la Syrie et l'Irak, capitale Mossoul). Après les attentats de 2015, une coalition de 22 pays se crée pour y mettre fin. Résistant pied à pied, Daesh disparaît fin 2017 en Irak, début 2019 en Syrie, se repliant dans la clandestinité et sur quelques territoires comme en Libye.

Vocabulaire

Islamisme : courant politique voulant imposer les règles de l'islam à la société (théocratie).

Salafisme : voie rigoriste de l'islam.

Djihad : guerre sainte.

Moudjahidine : combattant pour la foi. Résistants afghans.

Zone grise : espaces de certains États que les autorités ne contrôlent pas et où se développent des trafics illégaux.

Conflit asymétrique : oppose deux forces inégales.

Conflit irrégulier : de faible intensité, mené par des combattants mêlés à la population et agissant sous forme de guérilla.

Exercices

01 Repérer des informations sur un document cartographique

En vous aidant des éléments présents sur la carte, remplissez le tableau ci-dessous.

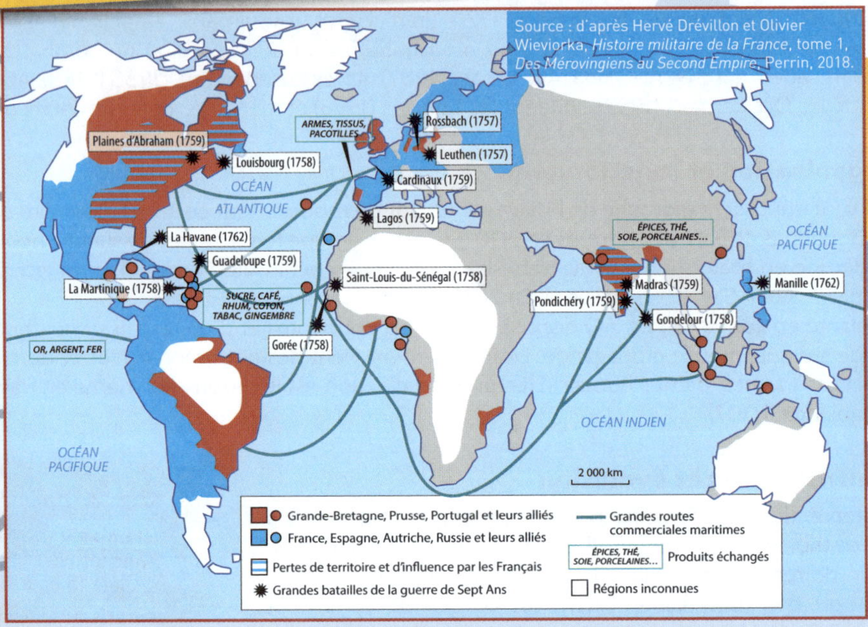

	Belligérants	Localisation	Importance stratégique	Situation finale
1				
2				

02 Analyser un document

Soulignez dans cet extrait les éléments de définition de la guerre selon Clausewitz.

« La guerre est une singulière trinité composée : de la violence originelle de son élément, de la haine et de l'hostilité, qu'on peut considérer comme un instinct aveugle ; du jeu des probabilités et du hasard, qui y introduit l'activité libre de l'âme ; de la nature subordonnée de l'instrument politique, ce qui la rapporte à l'entendement pur. La première de ces trois faces correspond au peuple, la seconde au général et à son armée, la troisième au gouvernement. Les passions qui y seront mises en jeu doivent déjà exister entre les nations ; l'étendue qu'acquiert l'élément de courage et de talent dans le domaine de la probabilité et du hasard dépend de la qualité du chef et de l'armée ; les fins politiques se rapportent exclusivement au gouvernement. »

Extraits de *Carl von Clausewitz*, *De la guerre*, 1832, livre I, chap. I.

03 Transposer des connaissances sous une autre forme

À l'aide de vos connaissances, proposez une légende organisée d'un schéma reprenant les différents éléments correspondant à l'organisation Al-Qaïda.

04 Identifier des informations

Entourez selon un code couleur les différentes affirmations selon qu'elles correspondent à des éléments se rapportant à un conflit de type « symétrique » ou « asymétrique », voire aux deux.

a. Attentats

b. Pourparlers entre États

c. Épuration ethnique

d. Organisation d'un réseau d'« agents dormants »

e. Mise en place de milices locales

f. Intervention militaire internationale

g. Opérations clandestines

h. Trafic d'armes

i. Port d'un uniforme

☐ Conflit « symétrique » ☐ Conflit « asymétrique » ☐ Les deux

Les défis de la construction de la paix

Faire la paix par les traités : les traités de Westphalie (1648)

Un conflit : la guerre de Trente Ans

H. Bogdan divise la guerre de Trente Ans en quatre périodes : Bohême-Palatinat (1618-1625), danoise (1625-1629), suédoise (1630-1635), française (1635-1648). Ce conflit se déroule en territoire Habsbourg. Sont imbriqués des aspects intérieurs religieux (catholiques/protestants), politiques (princes électeurs) et territoriaux. Surmortalité, exactions et déplacements conduisent à la mort d'environ 17 millions d'Européens. Les dépenses militaires entraînent les États à la faillite. Politiquement, le Danemark, l'Espagne et le Saint Empire frôlent l'implosion, alors que la France et la Suède triomphent.

L'art de la paix (L. Bély)

Pour faire la paix, deux zones neutres des évêchés du Saint Empire en Westphalie sont choisies : Münster (catholiques) et Osnabrück (protestants). 194 autorités européennes (sauf l'Angleterre, la Russie et l'Empire ottoman) envoient des **plénipotentiaires** comme A. Servien (France), J. Selvius (Suède), et M. Trauttmannsdorff (Saint Empire). Le Saint Empire signe des paix séparées (Danemark en 1629, Suède en 1635). Mais, en 1643, la Diète impériale exige de l'empereur Frédéric III des négociations générales : ce sera le premier congrès diplomatique international. D'abord orales, elles deviennent propositions écrites lors de rencontres officielles ou secrètes.

Résultats

Les **traités de paix** sont signés (Münster, 30 janvier 1648 ; Osnabrück, 24 octobre 1648) puis ratifiés par les États. La démobilisation des mercenaires est négociée (Nuremberg, 1649-1650). Les décisions sont multiples : religieusement, les paix de Passau et d'Augsburg (1555, *Cujus Regio, Ejus Religio*) sont confirmées. Politiquement, l'empereur accepte une quasi-parité religieuse dans les institutions. Territorialement, Provinces unies et cantons suisses deviennent indépendants, la France a sa frontière sur le Rhin, le Saint Empire s'émiette en 350 principautés.

Surtout, ces traités créent un nouveau cadre : le droit international fait de l'État plutôt que du souverain l'acteur des relations internationales. L'« **ordre westphalien** » repose sur la **souveraineté** externe (reconnaissance mutuelle, respect des frontières), la souveraineté interne (non-ingérence) et l'équilibre des puissances (non-hégémonie), tous éléments d'une sécurité collective.

Vocabulaire

Plénipotentiaire : diplomate doté des pleins pouvoirs de négociation.

Traité de paix : accord reconnu, conclu et accepté.

Ordre/système westphalien : nouvel ordre international suite à un conflit et à la ratification de traités, fondé sur l'équilibre des puissances et l'affirmation d'États-nations.

Souveraineté : État exerçant son autorité sur un territoire et une population.

Faire la paix par la sécurité collective : les actions de l'ONU sous les mandats de Kofi Annan (1997-2006)

Principes

L'Organisation des Nations unies (ONU) est créée à la conférence de San Francisco (26 juin 1945). Fondée sur une charte, elle compte six institutions et différentes organisations thématiques. L'ONU doit garantir une sécurité collective, qui peut s'obtenir par une **ingérence**. Tous les cinq ans, l'assemblée générale élit un secrétaire général. Son rôle est représentatif, diplomatique et administratif. Le choix se porte en 1996 sur K. Annan (1938-2018). Ghanéen, économiste, il entre à l'ONU en 1962, et y fait carrière. Médiatique, il est le choix des États-Unis et est élu pour deux mandats (1997-2006).

Mandat

K. Annan veut réformer les institutions afin de prendre en compte l'évolution du nombre de membres (50 en 1945, 193 en 2020) et le manque de confiance vis-à-vis du Conseil de sécurité. Il fait appliquer l'**Agenda pour la paix** (1992) pour obtenir des **paix durables (*sustainable peace*)**. Ses actions (tournées diplomatiques, lutte contre les inégalités et l'intolérance) défendent le multilatéralisme.

La domination des États-Unis, « hyperpuissance » (H. Védrine, 1992) depuis 1989-1991 (chute de l'URSS), appliquant l'unilatéralisme, est remise en cause le 11 septembre 2001, replaçant l'ONU au cœur des débats.

Actions de K. Annan

48 opérations sont menées de 1989 à 2006 (20 actives en 2006) par l'ONU, mobilisant 90 000 Casques bleus. Elles sont multifonctionnelles et hybrides, plus ouvertes aux civils, visent au désarmement et aux élections libres. En 1998, K. Annan présente ses excuses au Rwanda. Il milite activement lors du Sommet de Londres (création de la Cour pénale internationale et liste des crimes de guerre). En 2000, il fixe les objectifs du millénaire pour le développement durable. En 2005, il présente le concept de **responsabilité de protéger**. Lauréat du prix Nobel de la paix (2001) pour ses actions, il est cependant impuissant devant la seconde guerre d'Irak. Ses réformes sont rejetées. Le budget reste faible et les missions dépendent d'autres partenaires. Ses mandats s'achèvent dans la défiance et des soupçons de corruption.

Vocabulaire

Droit d'ingérence : non-respect de la souveraineté d'un État dans le cadre d'une décision supranationale.

Agenda pour la paix : prévention (*peace keeping*), désescalade (*peace making*), et reconstruction (*peace enforcement/building*).

Paix durable (*sustainable peace*) : obtenue par le rétablissement de l'ordre et de la sécurité, le respect des droits de l'homme, la démocratie, le développement économique et social.

Responsabilité de protéger : impossibilité d'invoquer la souveraineté pour commettre des crimes de guerre.

Exercices

01 Réaliser un schéma logique à partir d'un document

Relevez dans le texte les différents belligérants, les conflits qui les concernent et leurs conséquences. Construisez alors un schéma permettant de mettre en valeur les relations entre ces divers éléments.

« Au Nom de la très Sainte et Indivisible Trinité.
Qu'il soit notoire à tous et à chacun qu'après les divisions et les troubles qui avaient commencé depuis plusieurs années dans l'Empire romain [...] d'où s'est ensuivie une grande effusion de sang chrétien et la désolation de plusieurs provinces.
Qu'il y ait une paix chrétienne, universelle et perpétuelle, et une amitié vraie et sincère entre la sacrée Majesté impériale [Ferdinand III] et la sacrée Majesté très chrétienne [Louis XIV], comme aussi entre tous et un chacun des alliés [...] de sadite Majesté impériale, la maison d'Autriche et leurs héritiers et successeurs et principalement les électeurs, les princes et les États de l'Empire d'une part et tous et un chacun des alliés de sadite Majesté très chrétienne et leurs héritiers et successeurs, principalement le royaume de Suède, et respectivement les électeurs, les princes et les États de l'Empire d'autre part ; et que cette paix et amitié s'observe et se cultive sincèrement et sérieusement ; et qu'ainsi de tous côtés on voit renaître et refleurir les biens de cette amitié par l'entretien sûr et réciproque d'un bon et fidèle voisinage de tout l'Empire romain avec le royaume de France. »

Traité de Westphalie, 1648.

02 Repérer des éléments dans un document iconographique

Entourez les différents éléments de cette scène qui vous permettent de montrer la spécificité de la conclusion d'une paix au XVIIe siècle.

03 Analyser un document cartographique

Indiquez les actions menées par l'Organisation des Nations unies sous les mandats de Kofi Annan et les régions concernées.

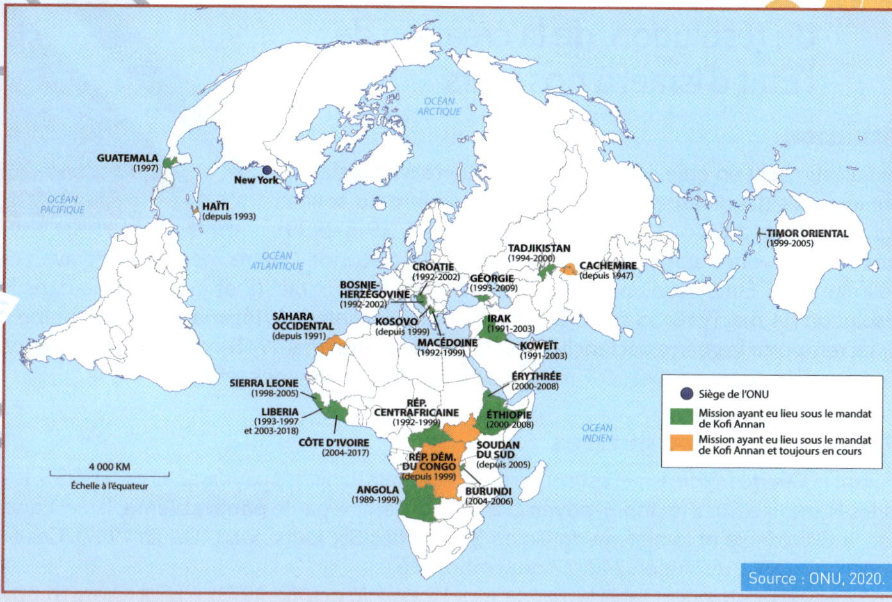

Source : ONU, 2020.

04 Analyser une affirmation

« Sous les mandats de Kofi Annan, l'Organisation des Nations unies a affirmé le droit d'ingérence comme étant un principe fondamental de cette organisation afin de maintenir la paix et une sécurité collective. »

À l'aide de vos connaissances, affirmez ou infirmez l'affirmation suivante en justifiant votre réponse.

Le Moyen-Orient : conflits régionaux et tentatives de paix impliquant des acteurs internationaux (étatiques et non étatiques)

Du conflit israélo-arabe au conflit israélo-palestinien : les tentatives de résolution, de la création de l'État d'Israël à nos jours

Situation

La Palestine est un enjeu de la Première Guerre mondiale. Les Britanniques (Déclaration Balfour, 1917) répondent au souhait **sioniste**. La population juive passe de 10 à 30 % (1918-1939), créant des révoltes arabes contre le sionisme. La Seconde Guerre mondiale aggrave cette tendance et l'ONU délimite deux États (résolution 181, 29 novembre 1947). Israël (État juif) est créé dans les limites fixées par la résolution (14 mai 1948, 55 % de la surface de la Palestine de 1916), mais pas l'État arabe.

Israël remporte la guerre déclenchée par la **Ligue arabe** (mai 1948-mars 1949) et occupe 78 % de la Palestine. C'est la *nakba* (catastrophe) : 0,7 million d'Arabes deviennent des réfugiés.

Une succession de guerres

Durant la Guerre froide, Israël est soutenu par les États-Unis, les pays arabes par l'URSS. Israël soutient les Anglais et les Français à Suez (octobre-novembre 1956). Menacé par le **panarabisme**, Israël conquiert Gaza, Jérusalem-Est, la Cisjordanie et le plateau du Golan (guerre des Six Jours, 5 au 10 juin 1967). Ces territoires sont qualifiés d'occupés (ONU, résolution 242, 22 novembre 1967).

Les pays arabes attaquent Israël le jour de Yom Kippour (6 octobre 1973), mais il résiste (11 novembre). En représailles, ces États augmentent le prix du pétrole. L'Égyptien A. Al-Sadate négocie la reconnaissance d'Israël et une paix séparée (Camp David, 17 septembre 1978). Seuls la Jordanie (1994) et les Émirats arabes unis (2020) le suivent.

Processus

Pour détruire l'**OLP**, Israël attaque le Liban (1982). Malgré un traité de paix (17 mai 1983), le retrait des Israéliens (1985) et la violence (Sabra et Chatila) obligent à des négociations. Le Hamas et le Hezbollah, opposés à un accord, soutiennent l'**Intifada** (1987-1993). Les accords de Washington (13 septembre 1993) permettent la reconnaissance mutuelle d'Israël et de l'Autorité nationale palestinienne et un processus de paix. L'Autorité nationale palestinienne est donc créée, avec un territoire, une constitution, un président (Y. Arafat puis M. Abbas), une capitale (Ramallah). Elle devient un État observateur à l'ONU (2012).

Mais, la seconde Intifada (2000-2006) conduit à construire un mur de sécurité (2002). La « feuille de route » du « Quartet » (États-Unis, ONU, Russie, Europe) est un échec. Le Hamas contrôle Gaza et rompt avec l'Autorité palestinienne (2007-2014). La droite israélienne fait s'enliser les négociations (colonies juives, retour des réfugiés, gestion de l'eau, statut de Jérusalem, etc.).

Vocabulaire

Sionisme : doctrine de Th. Herzl. Nécessité de créer un État juif.

Ligue arabe : 1945, alliance des pays arabes et du Maghreb.

Panarabisme : doctrine d'union des peuples arabes.

OLP : 1964, Organisation de libération de la Palestine.

Intifada : révolte appelée « guerre des pierres ».

Les deux guerres du Golfe (1991 et 2003) et leurs prolongements : d'une guerre interétatique à un conflit asymétrique

La première guerre du Golfe

En difficulté (guerre Iran-Irak 1980-1988), pariant sur la passivité des États-Unis, S. Hussein envahit le Koweït (2 août 1990), qui possède des champs pétrolifères et a accès au golfe Persique. L'invasion est condamnée par l'ONU (résolution 660), un ultimatum demandant le retrait de l'armée irakienne est fixé (résolution 678). Une coalition libère le Koweït (opération Tempête du désert, 17 janvier-28 février 1991). G. Bush fait de cette victoire le départ du « nouvel ordre mondial » (6 mars 1991), celui de l'hyperpuissance américaine.

La seconde guerre du Golfe

S. Hussein réprime l'opposition kurde (mars-avril 1991), se pose en leader arabe contre les États-Unis, semble soutenir le terrorisme et développe des armes de destructions massives dans un pays exsangue (programme pétrole contre nourriture). L'Irak est alors dénoncé comme un **État-voyou** par les États-Unis. Suite aux attentats du 11 septembre 2001, les États-Unis se tournent vers l'Irak. G. W. Bush y voit une « guerre juste contre la terreur » garantissant le modèle américain, sa sécurité et son approvisionnement en pétrole. À l'ONU, une opposition menée par la France ne croit pas aux arguments étatsuniens, qui se révéleront faux. Contre l'avis onusien (5 février 2003), les États-Unis agissent (*Iraki Freedom*, 20 mars-1er mai 2003). Bagdad est pris le 9 avril 2003, S. Hussein capturé le 13 décembre (exécuté le 30 décembre 2006).

Enlisement

Les États-Unis mènent un processus de *peace building* (dé-**baasification**, reconstruction économique) mais l'opinion se retourne (corruption, torture dans la prison d'Abou Graïb). Seule la « zone verte », quartier sécurisé au centre de Bagdad, est sûre. En 2007, les États-Unis renforcent leur présence, mais se reposent sur des sociétés militaires privées. Le pays subit une **balkanisation** et se divise en ethnies et confessions antagonistes. Le Nord est kurde (autonomie, 2005), le centre chiite. Le Sud, « triangle sunnite », est la base d'AQ. Les élections de janvier 2005 sont remportées par les chiites, provoquant une vague d'attentats réciproques à partir de mai 2005 (100 morts par jour en juillet 2006). Les groupes islamistes forment Daesh. Les États-Unis se retirent en décembre 2011. Leur présence a coûté 740 milliards de dollars, la mort de 5 000 soldats et 10 000 civils. Le Printemps arabe finit de déstabiliser le pays, qui passe aux deux tiers sous contrôle de Daesh. Une coalition avec les Kurdes intervient contre les islamistes (2014). En 2017, l'Irak peut être considéré comme libéré et amorce une reconstruction.

Vocabulaire

État-voyou : État failli soutenant le terrorisme, opposé au modèle américain.

Baas : parti panarabe, fondé en 1947, voulant créer une nation arabe unie suivant un programme socialiste et laïc.

Balkanisation : division d'un espace en de nombreux petits pays selon des facteurs multiples.

Exercices

01 Construire une argumentation à partir d'un document cartographique

Décrivez la situation des territoires palestiniens au début des années 2010 en utilisant des éléments géographiques et historiques.

Source : *Atlas des religions*, La Vie-LeMonde, 2015.

02 Analyser un document iconographique

Entourez et expliquez les différents éléments composant la caricature afin de répondre à la problématique suivante : « La guerre en Irak a-t-elle servi de terreau au djihadisme ? »

Caricature de Adam Zygus, parue le 17 juin 2014 dans *Buffalo News*.

Synthèse

De la guerre à la paix

Parmi les différentes formes de conflit, la guerre, ou conflit armé, a connu au début du XIXe siècle une définition fondatrice par C. von Clausewitz. L'évolution des acteurs impliqués a modifié les pratiques militaires et donc la nature des guerres.

À un moment du conflit armé s'engagent des négociations de paix. Tous les acteurs sont amenés à participer à ces rencontres, au risque de ne pouvoir aboutir à une résolution durable. De plus en plus, la médiation d'organisations internationales favorise non seulement l'issue des traités, mais aussi le contrôle ultérieur de l'application des décisions prises.

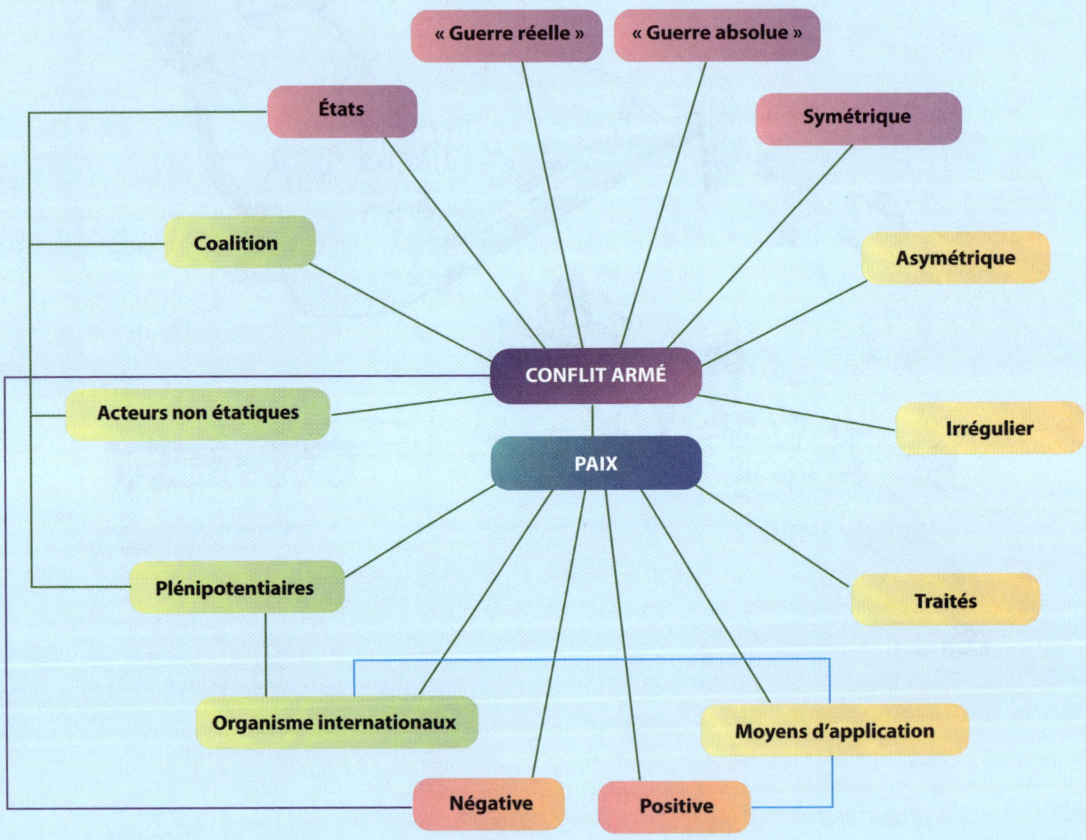

Histoire et mémoires

La différence entre histoire et mémoire

L'histoire est une science humaine et sociale dont le nom est tiré du mot grec *historia* qui signifie « enquête ». C'est le récit des événements passés, fondé sur des sources vérifiées, reposant sur des méthodes d'analyse critique recherchant l'objectivité et non l'opinion ou le jugement. La mémoire est le fait d'être capable d'intégrer et de se rappeler une information. Individuelle ou collective, elle dépend du « point de vue » initial. Parfois confondue avec le souvenir (le fait de revivre quelque chose), la mémoire peut devenir un témoignage afin de transmettre des éléments disparus. Les sociétés font se rencontrer les deux termes dans la commémoration des grands moments par des cérémonies officielles, qui a évolué depuis les années 2000 pour devenir un « devoir de mémoire », soit l'obligation morale de se souvenir d'un événement pour empêcher sa réédition.

T. Ungerer, *Janus biface*, Strasbourg, 2000. D'après strasbourg.eu

Divinité romaine, gardien des portes des maisons, Janus regarde à la fois le passé et l'avenir, tout en étant dans le présent. Il apparaît comme une allégorie de l'histoire.

Les notions de crime contre l'humanité et de génocide

Un cadre international d'une justice des faits de guerre s'est peu à peu constitué depuis le milieu du XIXe siècle, du fait de la violence grandissante des conflits. La convention de Genève et ses protocoles additionnels (1864, puis 1906, 1929, 1949, 1977, 2005) encadrent la pratique de la guerre. La déclaration de Saint-Pétersbourg (1968) puis les conférences de La Haye (1899, 1907) instaurent le contrôle des armes. Raphaël Lemkin (1900-1959), juriste, horrifié par les massacres en Irak en 1933, propose de condamner « la destruction d'une nation ou d'un groupe ethnique [...] dans ses dimensions physique, raciale, religieuse, linguistique, culturelle ». En 1944, il invente, à partir de la racine grecque *génos* (« genre ») et du suffixe « -cide » tiré du latin *caedere* (« tuer »), le terme « génocide », qu'il applique aux massacres perpétrés contre les Juifs d'Europe.

Pour les alliés, il est convenu dès 1943 de juger les responsables du conflit. Ce sont les procès de Nuremberg et de Tokyo (1945-1946). Dans les accords de Londres (8 août 1945) sont fixés trois chefs d'accusation : les crimes contre la paix, de guerre, contre l'humanité. Ce dernier est défini comme « l'assassinat, l'extermination, la réduction en esclavage, la déportation et tout acte inhumain commis contre toute personne ou groupe de personnes civiles avant ou pendant la guerre ». En 1948, lors d'une convention des Nations unies, le génocide est adopté comme nouveau chef d'accusation. Ces deux notions sont devenues imprescriptibles et fixées par les statuts de Londres (1998).

Un débat historique et ses implications politiques : les causes de la Première Guerre mondiale

La part des faits

Des causes profondes et anciennes conduisent, avec l'assassinat à Sarajevo le 28 juin 1914 de l'héritier de l'Empire austro-hongrois, à une suite de décisions du 23 juillet au 4 août par les pays européens liés par des traités d'alliance. Dès fin 1914, les pays belligérants diffusent des ouvrages de propagande pour justifier leur entrée en guerre et soutenir **l'Union sacrée**.

Une vision unilatérale

Le traité de Versailles du 28 juin 1919 indique par l'article 231 que « l'Allemagne et ses alliés sont tenus responsables » du conflit. Ces pays sont contraints à des réparations financières. L'Allemagne considère le traité comme un ***Diktat***. C'est la naissance d'un « mythe politique » qui permet la montée en puissance des partis nationalistes allemands.

Des remises en cause

Dans l'entre-deux-guerres, les travaux historiques concluent à un partage des torts. Les pays anglo-saxons choisissent d'assouplir les mesures contre l'Allemagne, soit financièrement (États-Unis), soit politiquement (Royaume-Uni), à l'inverse de la France.

Dans les années 1960, les historiens marxistes mettent en avant des causes plus profondes, reposant sur des rivalités impérialistes et capitalistes entre nations. F. Fischer (1961) remet en avant la responsabilité allemande qui souhaitait profiter des circonstances pour pouvoir imposer sa « vision du monde » et établit un lien entre Première Guerre mondiale, nazisme et Seconde Guerre mondiale.

Des renouvellements

De nombreux travaux s'intéressent au rôle des différents acteurs politiques et militaires dans le déclenchement du conflit, mais aussi à l'importance de la **« poudrière des Balkans »**. À l'occasion du centenaire du conflit, deux historiens (C. Clark et G. Krumeich), reprenant les recherchées menées, établissent des constats différents sur ces événements.

Vocabulaire

Union sacrée : coalition des différentes tendances politiques dans les différents pays en guerre pour obtenir la victoire.

***Diktat* :** vision des nationalistes allemands faisant du traité de Versailles un traité illégitime.

Poudrière des Balkans : surnom donné à cette région en raison de son caractère politique instable et des conflits existants ou ayant eu lieu (1909, 1912, 1913).

Mémoires et histoire d'un conflit : la guerre d'Algérie (1954-1962)

Une opposition marquée (1962-fin des années 1980)

En France, les aspects politiques (Ve République, créée en 1958) et socio-économiques (Trente Glorieuses) favorisent l'oubli. En Algérie, la guerre est considérée comme le ciment de l'unité du pays.

Le poids des mots. En France, on ne parle pas de guerre mais d'« événements ». En Algérie, on choisit des termes forts : « révolution », « libération »...

Des effets sur les sociétés. En France, la mémoire est limitée au cercle privé, comme dans la communauté **pied-noir**, qui développe, en réaction, une « nostalgérie ». En Algérie, le **FLN** entretient le souvenir du « million et demi de ***chahids*** ».

Une libération de la parole (années 1980-2000)

La demande sociale par de nouvelles générations en quête d'identité est forte. Dans les deux pays, acteurs et témoins prennent la parole et la recherche historique se place comme un relais des attentes. Mais les différences persistent. En France, l'accès aux archives du conflit est possible à partir de 1992. De nombreux travaux historiques sur tous les sujets sont donc menés. En Algérie, les autorités contrôlent toutes les recherches, qui doivent suivre la ligne officielle. Cette vision unilatérale est pourtant remise en cause comme une « arabisation ».

La persistance d'une « boîte à chagrins » (Ch. de Gaulle) depuis les années 2000 ?

Des choix forts. En 1999, la France reconnaît l'usage du terme « guerre ». Le 5 décembre 2002 a lieu l'inauguration du premier monument commémorant officiellement le conflit. En 2003, puis en 2016, le rôle des **Harkis** est mis en avant.

Des débats toujours nombreux. Les chercheurs des deux pays travaillent de plus en plus en collaboration, et développent en particulier la publication de très nombreux témoignages. Mais le pouvoir algérien exige toujours une « repentance unilatérale » de la France. À l'inverse, en 2005, une loi française a cherché à défendre les « effets positifs de la colonisation ». La question du comportement des combattants des deux camps reste encore un élément de crispation, tout comme les différentes dates de commémoration choisies par les deux pays.

Vocabulaire

Pied-noir : population d'origine européenne d'environ un million de personnes, ayant vécu en Algérie pendant la période coloniale et rapatriée en 1962.

FLN : Front de libération nationale, principal organisme indépendantiste durant le conflit, devenu parti unique à l'indépendance.

***Moudjahid* et *chahid* :** combattant et martyr, terminologie employée par le pouvoir algérien pour promouvoir les actions des combattants lors du conflit.

Harkis : militaires auxiliaires d'origine locale employés par l'armée française pendant le conflit.

Exercices

01 Associer une notion à des connaissances

Identifiez toutes les implications politiques indiquées autour de la notion au centre du schéma en formant ainsi une « carte mentale ».

Article 231 du
TRAITÉ DE VERSAILLES

a ....

b ....

c ....

d ....

e ....

f ....

g ....

h ....

02 Défendre une opinion

Vous êtes invité à une émission de télévision en tant qu'historien lors d'un débat portant sur les causes de la Première Guerre mondiale. Un de vos contradicteurs défend la thèse que « l'Empire autrichien est totalement innocent dans le déclenchement du conflit ». Formulez en trois arguments précis une réponse à cette provocation.

03 Réorganiser vos connaissances

Sur la frise chronologique, reportez dans les cases les différentes attitudes vis-à-vis du conflit algérien de la part de chacun des acteurs. Utilisez alors un des concepts évoqués en page 37 pour identifier ces périodes.

1962 .... 1980 .... 2000 2020

04 Trouver des arguments

À chacune des opinions proposées ci-dessous sur la guerre d'Algérie, faites correspondre un argument la confirmant ou l'infirmant.

1. « L'État algérien a toujours défendu une vision neutre du conflit. » → ....
2. « Le choix d'une journée commémorative a été aisé en France. » → ....
3. « On peut parler d'une réelle réconciliation entre la France et l'Algérie. » → ....
4. « L'État français continue de refuser le terme "conflit" pour désigner la guerre d'Algérie. » → ....
5. « Tous les Algériens sont d'accord avec la vision de la guerre proposée par le pouvoir en place. » → ....
6. « L'importance de certains groupes sociaux en France n'a pas influencé l'État français. » → ....
7. « Les anciens combattants algériens ont été ignorés par le pouvoir. » → ....
8. « Les historiens français ont toujours cherché à cacher certains aspects du conflit. » → ....

Histoire, mémoire et justice

La justice à l'échelle locale : les tribunaux *gacaca* face au génocide des Tutsis

Un contexte

Entre 1990 et 1993, le Rwanda est en guerre civile. La paix est rétablie, mais la mort du président dans un attentat provoque un génocide mené par l'ethnie hutu majoritaire (85 % de la population) contre les Tutsis. Du 7 avril au 17 juillet 1994, 800 000 personnes sont tuées.

Les instances internationales jouent leur rôle dans ce conflit et sa résolution. Elles conduisent aussi à la mise en place d'un Tribunal pénal international chargé de juger les crimes commis sur toute l'année 1994. Il siège de 1994 à 2015, sa suite est prise par la Cour pénale internationale (CPI).

Un choix

Dès 1996, le pouvoir rwandais met en place une juridiction nationale pour juger les organisateurs et les exécutants. Mais huit ans plus tard, moins de 10 000 jugements ont été prononcés alors qu'il reste 130 000 suspects incarcérés. Une nouvelle loi est promulguée en 2001 dans le but « d'accéder à la vérité, d'accélérer la justice, de mettre fin à l'impunité et de permettre la réconciliation ». Est fait le choix de cours de justice villageoises traditionnelles, les *gacaca*, composées d'***inyangamugayo*** qui siègent sur les lieux mêmes des crimes et qui tiennent audience publique.

Un bilan

Le nombre de tribunaux passe rapidement de 750 « pilotes » à 8 000 en 2005, puis finalement 12 000. Ils rendent près de 2 millions de jugements, pour 15 % d'acquittements. Plus de 70 % des peines concernent des faits de pillage, 25 % des meurtres ou des tortures, 5 % des viols.

Contrairement au TPI, les *gacaca* travaillent sur une période plus longue, incluant la guerre civile. Cela a pu permettre au régime autoritaire en place de se consolider en faisant condamner des opposants. De nombreux prévenus ont été rapatriés de force, notamment du Burundi où ils s'étaient réfugiés. De nombreuses **OSI** ont pu dénoncer une certaine partialité dans les jugements. Les accusés ont été incités à fortement collaborer lors de leur procès, ce qui leur permettait de « négocier » des peines moins lourdes.

Vocabulaire

Inyangamugayo **:** nom donné aux citoyens choisis et formés pour constituer les jurys des *gacaca* (prononcer « gatchatcha »).

OSI : organisation de solidarité internationale, appelée aussi organisation non gouvernementale.

La construction d'une justice pénale internationale face aux crimes de masse : le Tribunal pénal international pour l'ex-Yougoslavie (TPIY)

Le miroir d'une époque

L'implosion de la **Yougoslavie** s'intègre au contexte de dissolution du bloc de l'Est à partir de 1989. Les différentes composantes proclament dès 1991 leur indépendance, refusée par la Serbie qui défend l'unité du pays. À partir d'avril 1992, c'est une guerre ouverte.
Il s'agit du premier conflit en Europe depuis 1945. Il fait ressurgir rancœurs politiques, religieuses et ethniques. Face à l'incapacité d'agir de l'Union européenne devant les révélations de massacres à l'été 1992, les États-Unis vont imposer leur point de vue grâce au **Conseil de sécurité de l'ONU**, confirmant leur rôle de **« gendarmes du monde »**.

La mise en place

Une fois réglée la question de la compétence, la résolution 827 (25 mai 1993) crée un Tribunal pénal international chargé de juger les crimes commis en ex-Yougoslavie. Entériné par le traité de Pristina (6 mai 1995), il doit juger les crimes perpétrés entre 1991 et 2001.
Le TPIY est formé de trois instances installées à La Haye : les chambres judiciaires, trois de première instance (trois puis cinq juges élus parmi les pays de l'ONU) et une chambre d'appel (sept juges) ; le parquet, dont le procureur général, nommé par le Conseil de sécurité de l'ONU ; le **greffe**, désigné par le secrétariat général de l'ONU.

Tribunal pénal international de la Haye au Pays-Bas.

Des effets différenciés

De 1995 à 2017, le TPIY a tenu 10 800 jours d'audience, entendu 4 650 témoins et produit 2,5 millions de pages de comptes-rendus. Formulant 161 accusations, il a rendu 90 condamnations. Ses décisions n'ont pas permis une réelle réconciliation. Elles ont provoqué de nombreuses contestations (relaxes en 2012) et des mises en cause de l'indépendance du parquet.
À la suite des statuts de Rome (1998), fixant définitivement les définitions de crimes contre l'humanité, de génocide, de guerre et d'agression dans le droit international, est créée une Cour pénale internationale (CPI), reconnue par 110 pays. C'est l'unique juridiction ayant désormais compétence sur ces questions, sur saisine du Conseil de sécurité. Depuis 2013, elle assure la continuité des affaires du TPIY.

Vocabulaire

Yougoslavie : littéralement « pays des Slaves », créé à partir de provinces de l'ancien Empire austro-hongrois et de la Serbie à la fin de la Première Guerre mondiale ; restauré en 1945 et composé de six républiques fédérées.

Conseil de Sécurité : organe exécutif de l'Organisation des Nations unies composé de dix membres, dont cinq permanents. Il prend des décisions appelées résolutions.

Gendarmes du monde : concept inventé en 1997 par Zbigniew Brzezinski ; capacité pour les États-Unis, à partir de 1991, d'être la seule puissance capable d'assurer un « nouvel ordre mondial ».

Greffe : chargé de la prise de notes et de la constitution des dossiers.

Exercices

01 Établir des liens avec ses connaissances

Entourez avec des couleurs différentes les éléments qui se rapportent à des crimes contre l'humanité, à un génocide, ou à une autre forme d'accusation. Certains éléments peuvent être associés à plusieurs crimes.

- **a** Viol systématique des femmes d'une ethnie
- **b** Mise au travail forcé de prisonniers de guerre
- **c** Enlèvement et replacement d'enfants
- **d** Pièges explosifs sur les puits d'eau
- **e** Déclenchement des hostilités
- **f** Exécution sommaire d'un village composé uniquement d'une minorité religieuse
- **g** Emprisonnement de tous les habitants des villages opposés politiquement au pouvoir
- **h** Destruction de tous les bâtiments religieux
- **i** Torture d'un groupe de résistants (« terroristes »)
- **j** Destruction des livres publiés dans une langue minoritaire
- **k** Déportation de la population d'une région

02 Identifier des informations et les réutiliser dans une argumentation

A) Entourez sur l'image les différentes parties du tribunal en présence et identifiez-les.

B) Trouvez alors les arguments permettant de justifier l'expression : « Les *gacaca* sont des tribunaux populaires. »

D'après A. Doustaly (dir.), *HGGSP terminale*, Paris, Belin, 2020, p. 227/SIP-AP.

03 Utiliser des définitions dans un contexte

Vous êtes désigné comme procureur du TPIY. Présentez votre mission auprès du journaliste venu vous interroger en utilisant des notions précises.

04 Se repérer dans les temps historiques

Complétez la frise chronologique en faisant apparaître les éléments majeurs de l'évolution de la justice et de la législation pénale internationale ainsi que les guerres civiles rwandaise et yougoslave et leurs suites judiciaires.

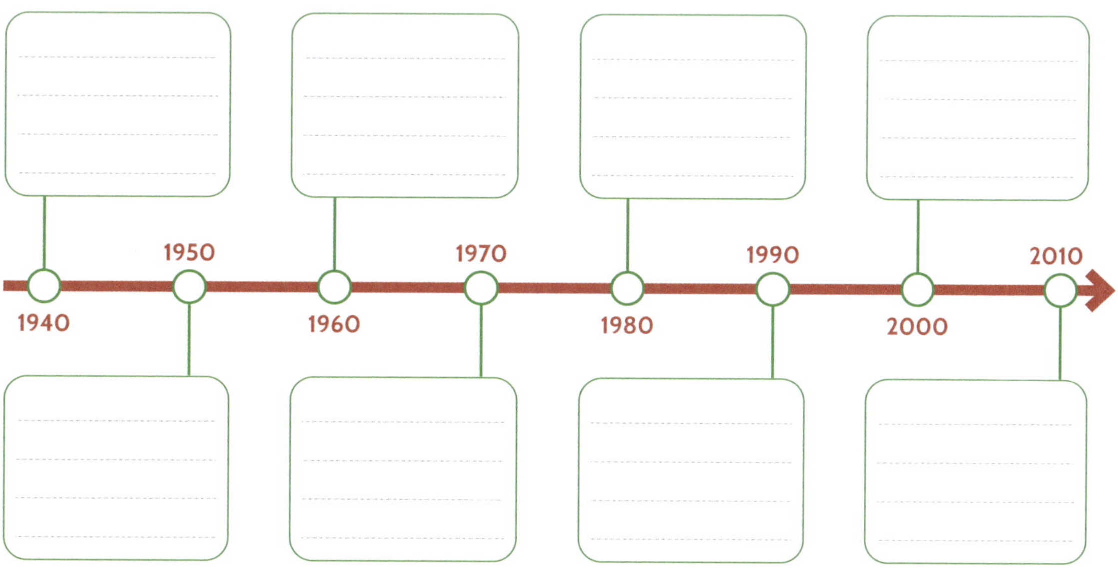

L'histoire et les mémoires du génocide des Juifs et des Tsiganes

Lieux de mémoire du génocide des Juifs et des Tsiganes

Dans l'après-guerre, on préfère l'oubli. En France, pour la cérémonie du 11 novembre 1945, aucune victime « raciale » n'est célébrée. L'Allemagne de l'Ouest reconnaît et indemnise les victimes juives mais pas les Tsiganes. Peu de stèles ou de monuments rappellent leur génocide, même sur les lieux des faits, même si un musée ouvre en 1947 à Auschwitz-Birkenau.

Après 1950 apparaît un « devoir de mémoire ». Israël crée le Mémorial Yad Vashem (1953), combinant monuments, sculptures et musées. À Paris est inauguré le Mémorial du martyr juif inconnu (1956). L'inauguration du monument international à Auschwitz (1967) fait polémique, effaçant toute spécificité des déportés. L'espace public voit se multiplier les « **lieux de mémoire** ».

En 1982, l'Allemagne de l'Ouest reconnaît la spécificité du génocide tsigane. À Berlin, depuis 2012, un monument rappelle celui-ci, à côté du Mémorial aux Juifs assassinés d'Europe (2005). La fin du bloc de l'Est permet la réappropriation de certains lieux (Babi Yar, 2001). Face à la monumentalisation et à la muséification s'oppose la « trace », comme les ***Stolpersteine*** (2 000 villes dans le monde). Auschwitz-Birkenau est devenu un lieu de « tourisme mémoriel » (2 millions de visiteurs en 2018) où l'on s'interroge sur la conservation du site.

Juger les crimes nazis après Nuremberg

Après Nuremberg (1945-1946), 17 procès de dirigeants ont lieu. La Guerre froide change la situation. En Europe de l'Ouest, la reconstruction remplace l'**épuration** et la **dénazification**. À l'Est, on continue les poursuites des « fascistes ». Des lois d'**amnistie** sont adoptées, des condamnés libérés (savants). Les nouveaux procès portent sur des crimes « ordinaires ».

L'enlèvement, le procès, la condamnation et l'exécution d'A. Eichmann (1961) constituent un tournant. Dès 1958, l'Allemagne de l'Ouest ouvre un service central d'enquête sur les crimes nationaux-socialistes. Sur 120 000 criminels identifiés, plus de 20 000 sont jugés, grâce à l'**imprescriptibilité**. S. Wiesenthal crée à Vienne (1961) une organisation recherchant les criminels pour les juger, en particulier ceux réfugiés en Amérique du Sud.

La place accordée aux survivants depuis la fin des années 1970, la volonté d'accorder une réparation juridique de leur vivant, la fin de la Guerre froide permettent de nouveaux procès. C'est le cas en France, avec celui de K. Barbie (1987) ou de collaborateurs auparavant amnistiés (M. Papon, 1997). En 2009, l'Allemagne élargit les accusations aux personnels subalternes des camps, comme pour O. Gröning (2015) ou B. Dey (2019), avec un débat sur l'âge des prévenus (plus de 90 ans). Le combat judiciaire se porte aussi contre **négationnistes** et **révisionnistes**.

Vocabulaire

Lieu de mémoire : notion de l'historien P. Nora (1984) ; tout élément qui participe à la construction d'une mémoire collective du passé.

***Stolpersteine* :** littéralement, « pierre où l'on trébuche » ; pavé sur lequel est mentionné le lieu de résidence d'une victime du génocide ; inventé en 1993 par l'artiste G. Demnig en souvenir des Tsiganes, étendu aux autres mémoires.

Épuration, dénazification : processus judiciaire, officiel ou sauvage, mené contre les nazis ou leurs collaborateurs.

Amnistie : loi mettant fin aux poursuites judiciaires.

Imprescriptibilité : principe établi en 1968, qui autorise les poursuites judiciaires pour un crime contre l'humanité sans limite de temps.

Négationniste, révisionniste : personne niant ou remettant en cause un génocide.

Le génocide dans la littérature et le cinéma

L'indicible du témoignage de P. Lévi (*Si c'est un homme*, 1947) est inaudible dans l'immédiat après-guerre : c'est un échec éditorial à la parution. À l'inverse, des récits plus émotifs (*Le Journal d'Anne Franck*, 1947) rencontrent le succès. Si de nombreuses publications se succèdent, il faut attendre les années 1970 pour observer une libération de l'écrit. On parle d'« ère du témoin ». E. Wiesel reçoit le prix Nobel de la paix (1986) et I. Kertész, celui de littérature (2002) pour l'ensemble de leur œuvre. On recourt à toutes les formes littéraires, et de plus en plus à la fiction. A. Spiegelman obtient le prix Pulitzer pour la bande dessinée *Maus* en 1992. L'inversion des perspectives permet d'analyser la place des bourreaux (R. Merle, *La mort est mon métier*, 1953 ; J. Littell, *Les Bienveillantes*, 2005).

Au procès de Nuremberg, un documentaire présente les camps de concentration et d'extermination. Au procès d'Eichmann, tout est filmé, comme pour K. Barbie. Le documentaire est considéré comme plus authentique, faisant œuvre de pédagogie (A. Resnais, *Nuit et brouillard*, 1955) et de témoignage (J. Lanzmann, ***Shoah***, 1985).

Les superproductions soulèvent le débat de la représentation artistique de l'horreur. Le feuilleton télévisé *Holocaust* (1978, N. Chomsky) est regardé par plus de 120 millions d'Américains. La critique est forte malgré le travail historique, comme pour *La Liste de Schindler* (1993, S. Spielberg, sept oscars). De même lorsqu'est fait le choix de l'absurde, comme avec *La vie est belle* (1997, R. Benigni, Palme d'or à Cannes). Une forme de consensus semble être atteinte avec *Le Fils de Saül* (2015, L. Nemes), fiction réalisée à partir de témoignages.

Vocabulaire

Shoah : « catastrophe » en hébreu, terme utilisé à partir des années 1990 pour désigner le génocide des Juifs. Dans les pays anglo-saxons est préféré le terme « holocauste », et pour les Tsiganes, *Samudaripen*.

Exercices

01 Comparer des documents

Monument international à Auschwitz-Birkenau, 1967.

« La salle des noms », musée de l'Holocauste au sein du mémorial Yad Vashem, Jérusalem, 2005.

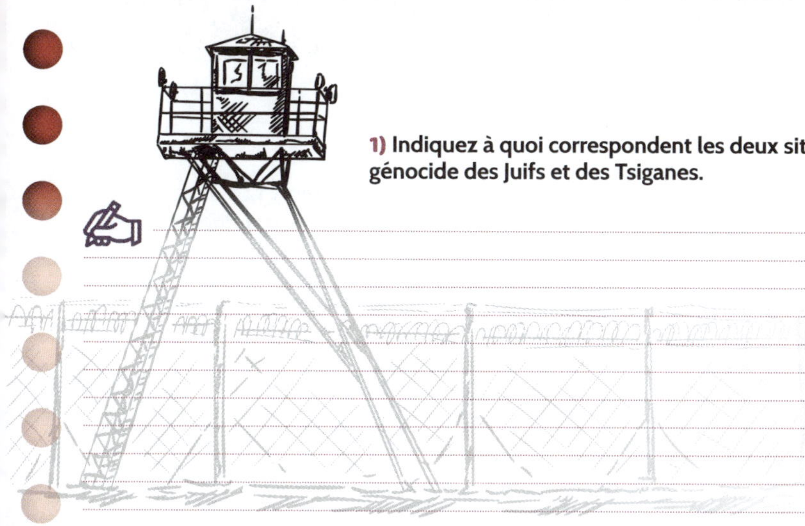

1) Indiquez à quoi correspondent les deux sites dans l'histoire de la mémoire du génocide des Juifs et des Tsiganes.

2) Identifiez directement sur chaque image la signification ou la symbolique des éléments visibles. Expliquez comment a évolué la perception de la mémoire des génocides.

3) Vous devez décrire à un camarade les deux images de la page précédente en mettant en avant la compréhension de leur message de mémoire. Construisez votre présentation en respectant les règles de la démonstration (thème, idée, exemple) et en utilisant les éléments repérés sur les documents. Vous pouvez vous aider du schéma ci-contre qui n'est pas un modèle mais une aide pour visualiser vos idées.

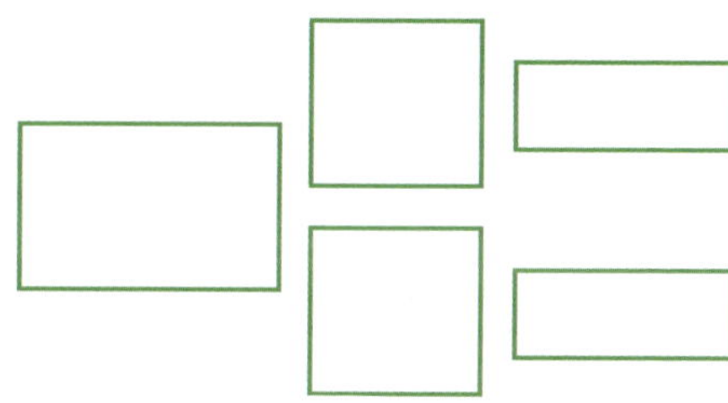

Synthèse

Histoire et mémoires

Un événement est la conséquence d'un contexte, d'un processus. Vécu par des acteurs et des témoins, il génère de leur part une perception particulière. Il produit aussi un ensemble de sources matérielles qui sert de socle à la recherche historique.

Cet événement peut conduire à une remise en cause, processus plus ou moins long et plus ou moins douloureux selon ceux qui participent à cette évolution. Cela peut d'ailleurs passer par une phase judiciaire afin d'établir des responsabilités. Les historiens peuvent être partie prenante de cette transformation, tout en se devant de rester objectifs.

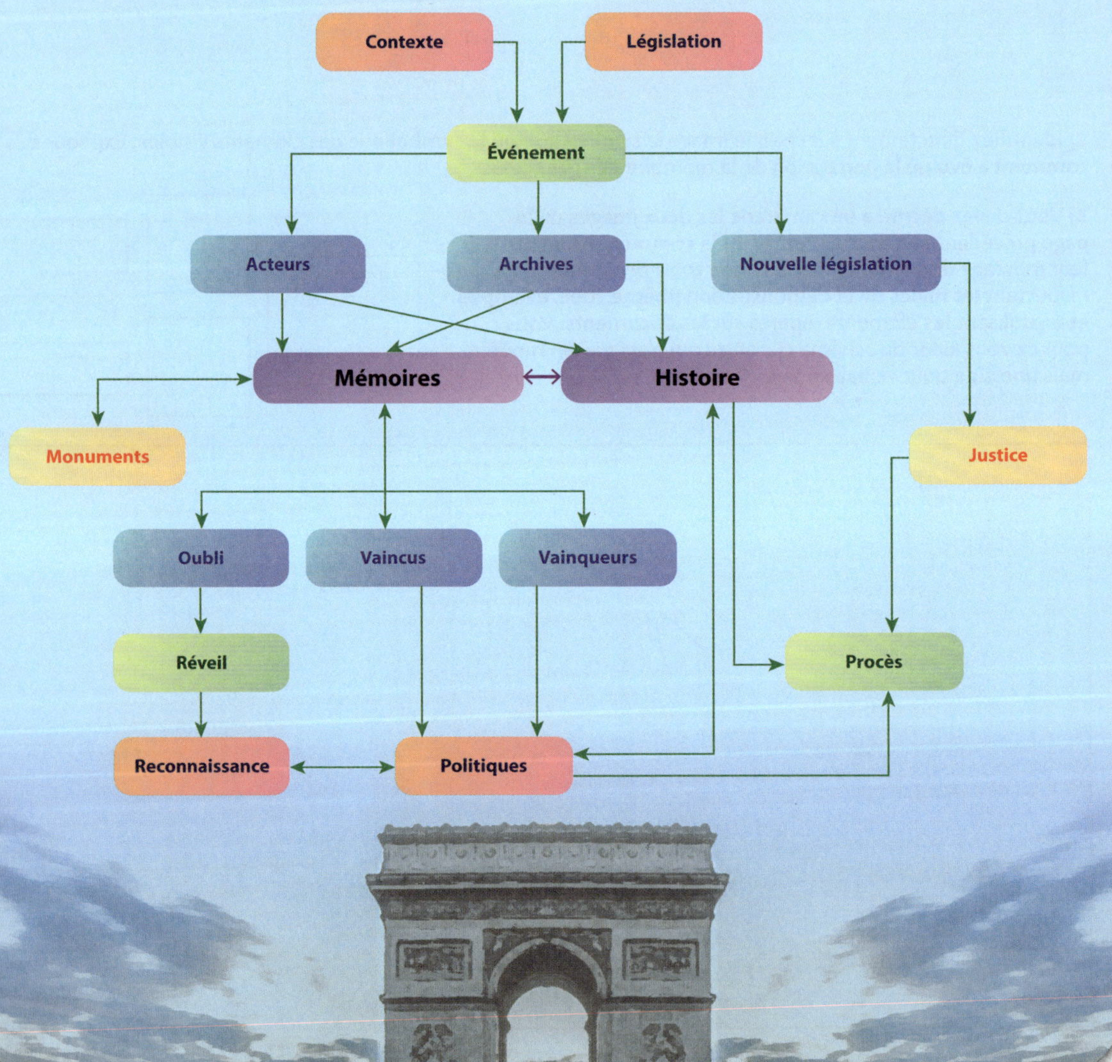

Identifier, protéger et valoriser le patrimoine : enjeux géopolitiques

Le patrimoine est d'abord une notion juridique désignant la transmission des biens acquis au sein d'une famille (du latin *patrimonium*, « bien hérités du père ») et a une dimension collective (bâtiments religieux, bâtiments royaux ou impériaux). À partir de la Renaissance apparaît la notion de préservation des monuments. La Révolution française étend la notion à tous les biens de la nation (biens aristocratiques).

Au XIXe siècle, la notion de patrimoine porte sur des bâtiments dits historiques (châteaux, édifices religieux, vestiges archéologiques), puis sur les objets et pratiques du quotidien (artisanat) ainsi que sur les sites naturels (« pittoresques » ou « beaux »). Dans les années 1970, l'**Unesco** (Organisation des Nations unies pour l'éducation), en instaurant le « **patrimoine mondial** », introduit un changement d'échelle en universalisant le principe d'un héritage commun de l'humanité.

Le patrimoine est un ensemble de biens matériels et immatériels, ayant une importance artistique et/ou historique, et qui appartient soit à une entité privée (individus, entreprises, associations), soit à une entité publique (collectivités territoriales, État). Ces biens sont progressivement préservés, restaurés, sauvegardés et montrés au public, soit exceptionnellement, soit régulièrement, de façon gratuite ou payante. La patrimonialisation conduit à la protection du patrimoine pour sa sauvegarde dans le temps et sa transmission aux générations futures. Elle suppose des choix d'acteurs et une valorisation sociale (affirmation identitaire), politique (règles de protection et de préservation) et économique (tourisme).

Réaménager la mémoire : les usages de Versailles de l'Empire à nos jours

Versailles, de la demeure royale au musée

N'étant plus habité par la famille royale (depuis le 6 octobre 1789), le château a été pillé, le mobilier vendu (1793). Napoléon Ier ordonne sa remise en état (1809). Louis-Philippe y crée un musée de l'Histoire de France (1833), afin d'en faire un lieu de mémoire et de commémoration : un monument. Rayé des listes des domaines royaux (1837), l'ensemble devient Monument historique (1862). Mais peu de moyens sont alloués au bâtiment, dont l'état se dégrade dans la seconde moitié du XIXe siècle.

De la muséification à la politisation

Redevenu siège du gouvernement (1871-1873), un hémicycle est construit dans l'aile du Midi pour accueillir le congrès du Parlement (depuis 1875). Des événements internationaux s'y déroulent. La galerie des Glaces sert de cadre à la proclamation du Second Empire allemand (30 janvier 1871), puis à la signature du traité de Versailles (28 juin 1919). Différentes parties du domaine sont affectées à des usages officiels : les chefs d'État étrangers sont logés au Trianon, le Premier ministre puis le président de la République (2007) à la résidence de la Lanterne. Les différents régimes utilisent ainsi le site comme vitrine nationale (accueil du G7 en 1982). Le palais royal est devenu le palais de la nation tout entière, à la fois lieu de pouvoir, d'art et d'histoire.

Une patrimonialisation

Le domaine a connu des périodes de quasi-délabrement (fin XIXe, années 1920, années 1940) ce qui a conduit à des rénovations (1925-1932, 1952-1957), grâce à des dons et au **mécénat** (John D. Rockefeller entre 1924 et 1936, réhabilitation du Hameau de la reine avec le soutien de LVMH). En 1979, le domaine est inscrit au Patrimoine mondial. Géré par l'Établissement public du château, du musée et du domaine national de Versailles (1995), il est doté d'une personnalité juridique et d'une autonomie de gestion.

Ouvert à la visite payante depuis 1922, devenu lieu de loisirs culturels à partir des années 1970, la fréquentation ne cesse d'y augmenter (1923 : 0,2 million de visiteurs ; 1937 : 1 ; 1980 : 3 ; 2019 : 8) dont 80 % d'étrangers, générant plus de 100 millions d'euros de recettes (50 % du budget). C'est le troisième site français le plus fréquenté. Sujet de films (S. Guitry, 1954 ; S. Coppola 2006) ou simple décor, le site accueille chaque année une centaine d'événements publics ou privés (expositions J. Kuntz, 2008 ; T. Murakami, 2010).

Vocabulaire

Muséification : mise en valeur touristique et patrimoniale, souvent péjoratif.

Patrimonialisation : processus par lequel un groupe social attribue à des traces du passé un statut et une valeur.

Mécénat : financement privé ou public d'une institution, œuvre ou personne.

Conflits de patrimoine : les frises du Parthénon depuis le XIXe siècle

Une merveille

Périclès fait construire le Parthénon (de 447 à 438 av. J.-C.), temple d'Athéna sur l'Acropole, à Athènes, pour montrer la puissance, la réussite et la richesse de la cité. Phidias y sculpte (entre 447 et 432 av. J.-C.) la procession de la fête en l'honneur d'Athéna qui a lieu tous les quatre ans, les Grandes Panathénées. La frise se situe à l'intérieur du temple sur 160 mètres de long et 1 mètre de haut ; à l'extérieur, une autre frise est composée de bas-reliefs (métopes) au-dessus de la colonnade et de deux frontons.

Un transfert

Lord Elgin, ambassadeur britannique dans l'Empire ottoman, qui occupe la Grèce depuis le XVe siècle, obtient un *firman* (autorisation de fouilles) qu'il utilise pour démonter 156 plaques intérieures, 12 statues des frontons et 13 métopes (entre 1801 et 1804). À son retour à Londres en 1807, il expose ces éléments.
Les contemporains (Chateaubriand, Byron) dénoncent Lord Elgin comme un pillard, notamment parce que le démontage a provoqué des effondrements de certaines parties du bâtiment. Lord Elgin vend sa collection pour 36 000 livres au gouvernement britannique (1816), qui la cède à perpétuité au British Museum (1817).

Un débat

De 1834 à 1842, le roi de Grèce Othon Ier tente un rachat. Reconnaissant sa valeur artistique et identitaire, l'Unesco l'inscrit en 1972 parmi les **monuments** du patrimoine mondial et se pose en médiateur sur cette question de **translocalisation**. En 1983, la ministre grecque de la Culture, Melina Mercouri, revendique le retour des éléments répartis pour moitié au British Museum, un tiers en Grèce et un cinquième au Louvre et au Vatican. Elle entame de nombreuses actions judiciaires. Parallèlement est construit à Athènes un musée (le nouveau musée de l'Acropole, 2009) dont la **muséographie** propose une reconstitution de la frise, contredisant l'argument anglais d'incapacité à la présenter dignement.
Si l'Italie et le Vatican ont restitué des fragments (2008), le combat continue. En 2015, la Grèce renonce à l'action judiciaire au profit de la diplomatie. Mais en 2017, l'Union européenne rejette la demande de restitution. En 2019, le British Museum refuse tout prêt au nom de la notion de bien public universel et **inaliénable**. La Grèce réplique par des accusations de **spoliation**.

Vocabulaire

Monument : édifice représentatif d'une société.

Translocalisation patrimoniale : néologisme de B. Savoy ; analyse des problèmes relatifs au déplacement forcé d'œuvres patrimoniales.

Muséographie : technique de mise en valeur des collections dans un musée.

Inaliénable : qui ne peut être cédé ou vendu.

Spoliation : prendre un bien par la force, par la ruse.

Exercices

01 Faire correspondre des connaissances entre elles

Construisez une frise chronologique où vous ferez apparaître au-dessus les régimes politiques de la France entre 1780 et nos jours et en dessous les différentes utilisations du château de Versailles. Vous pourrez rajouter les événements qui servent de tournant à ces situations.

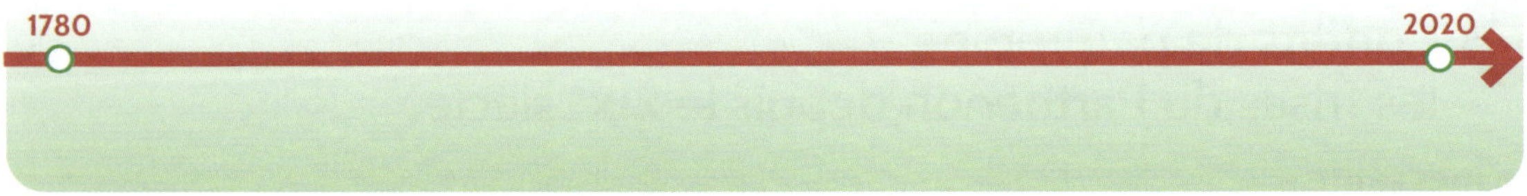

02 Comparer des documents

Repérez et expliquez les différents éléments présents sur les deux tableaux. Vous fournirez ensuite une explication montrant les liens d'opposition qui s'établissent entre les œuvres par rapport aux événements qu'ils représentent.

Anton Von Werner, *La Proclamation de l'Empire allemand le 18 janvier 1871*, 1885, huile sur toile, 250 × 250 cm, Friedrichsruh, Bismarck-Museum.

William Orpen, *La Signature de la paix dans la galerie des Glaces le 28 juin 1919*, 1919, huile sur toile, 152 × 127 cm, Londres, Imperial War Museum.

03 Construire une argumentation

Vous êtes le ministre de la Culture de la République grecque. Vous êtes convié à un entretien réalisé par un groupe de journalistes des pays membres de l'Union européenne lors d'une réunion sur le Brexit. Vous êtes interrogé sur la question du retour de l'ensemble des éléments du Parthénon détenus par les Britanniques. Formulez votre réponse en montrant la signification, les usages et la portée de cet élément patrimonial.

04 Classer des informations

Identifiez les différents arguments pour ou contre le retour en Grèce des éléments de la frise des Panathénées en identifiant à chaque fois l'enjeu auquel il renvoie.

Pour	
Enjeux	Arguments

Contre	
Enjeux	Arguments

Urbanisation, développement économique et préservation du patrimoine : Paris entre protection et nouvel urbanisme

Paris : un patrimoine construit sur le temps long

Paris est aujourd'hui la capitale de France, une métropole européenne et une ville mondiale. Née au début de l'Empire romain, la ville est capitale depuis 508, quand Clovis, roi des Francs, en fit le siège de son pouvoir. De sa longue histoire, elle conserve de nombreux monuments mis en valeur touristiquement. Pourtant, l'**urbanisme** actuel de la ville est hérité du Second Empire, quand le baron Haussmann, préfet de la Seine (1853-1870), à la demande de Napoléon III, modifie le visage de Paris en ouvrant de larges avenues pour fluidifier la circulation, crée de vastes places qui distribuent la circulation et des espaces verts pour aérer le tissu urbain et assainir l'air. De nombreux quartiers de taudis insalubres sont rasés et remplacés par des immeubles de cinq étages, tous construits sur le même modèle donnant une unité architecturale à la ville.

Paris : une ville musée ?

Les formes récentes de l'urbanisme se localisent plus en périphérie de la ville dans les années 1960 et 1970, comme dans le quartier d'affaires de la Défense à l'ouest, hérissé de buildings, ou par la création du boulevard périphérique, autoroute urbaine de 35 km de long (1973). De nouveaux monuments sont aussi construits au cœur de la ville comme le centre Pompidou (1977), l'opéra Bastille (1989), la bibliothèque François-Mitterrand (1996) ou le musée du Quai-Branly (2006). D'autres monuments ont été **restaurés** ou **réhabilités** pour leur mise en valeur comme le Grand Louvre (1993) ou les Halles (2016). Des friches industrielles sont transformées en quartiers résidentiels et commerciaux sur un urbanisme de dalle et de tours (front de Seine, 1959-1978 ; tour Montparnasse, 1970). Mais ces opérations radicales de **rénovation urbaine** ont été très limitées dans le centre de Paris, qui est protégé et muséifié, au profit du tourisme.

La destruction, la protection et la restauration du patrimoine, enjeu géopolitique : la question patrimoniale du Mali

Un riche patrimoine dans un pays sous tension

Le Mali, pays sahélien d'Afrique, a hérité d'un patrimoine issu essentiellement de l'empire du Mali (XIIIe-XVIe siècle), dont la richesse était fondée sur les routes commerciales entre la Méditerranée et le golfe de Guinée par le Sahara. Le patrimoine est matériel et immatériel, constitué de monuments (mosquées, tombeaux musulmans, etc.), de traditions (chants, danses, rituels) et de manuscrits. Cet héritage a été en partie classé au patrimoine mondial de l'Unesco entre 1988 et 2004. Mais, depuis les années 2010, le pays, parmi les moins développés au monde, est en proie à des conflits internes. Des groupes rebelles et/ou islamistes sèment la terreur dans la partie nord saharienne et attaquent les espaces centraux du Mali.

Un patrimoine menacé et à protéger

Le contexte insécuritaire du Mali est à l'origine de destructions du patrimoine matériel, comme les mausolées et les manuscrits de Tombouctou en 2012. Par ailleurs, de nombreux groupes ethniques, par peur des islamistes, n'osent plus perpétuer leurs traditions, ce qui met en péril le **patrimoine immatériel**. Face à ces menaces, la communauté internationale est intervenue : en 2013, des Casques bleus sécurisent et soutiennent les programmes de réhabilitation des monuments, en 2016, certains responsables des destructions de Tombouctou ont été jugés et condamnés. La destruction de biens culturels est devenue un crime de guerre. L'État et les communautés locales se sont également mobilisés pour reconstruire les monuments détruits, notamment avec l'aide des jeunes.

Le tourisme culturel, entre valorisation et protection : l'exemple de Venise

Venise, une ville au patrimoine exceptionnel

La ville de Venise, bâtie sur 118 îlots, est classée au patrimoine mondial de l'Unesco depuis 1987 grâce à la forte densité de son héritage architectural, historique et culturel. Ce patrimoine est devenu une ressource économique exploitée par le tourisme. Le nombre de visiteurs est passé de 2,5 millions en 1990 à 5,3 millions en 2018. La ville possède un aéroport international (10 millions de voyageurs annuels), une gare internationale, réaménagée en centre commercial en 2015, et une desserte maritime, notamment de croisières (2 millions d'excursionnistes par an). Le tourisme fait vivre 65 % de la population et rapporte 2 milliards d'euros par an à la municipalité. Cette manne économique permet de financer les travaux de restauration.

Surfréquentation et disneylandisation

Venise connaît aujourd'hui une **surfréquentation** qui a de multiples conséquences. L'économie traditionnelle a été remplacée par une exploitation commerciale de produits folkloriques. La population locale a diminué, passant de 78 000 habitants en 1990 à 53 000 en 2018, du fait de la hausse des prix de l'immobilier et de l'explosion des locations touristiques. Les canaux et la lagune se dégradent à cause de la pollution des eaux et du passage des paquebots géants (500 par an). Les fondations des bâtiments sont aussi menacées. Enfin, beaucoup d'habitants protestent contre la **disneylandisation** de leur ville.

Vocabulaire

Urbanisme : ensemble des arts et techniques permettant d'adapter l'espace urbain aux besoins des habitants.

Restauration : action qui vise à retrouver fidèlement les caractéristiques d'un bâtiment patrimonial.

Réhabilitation : réaménagement d'un bâtiment ou d'un lieu.

Rénovation urbaine : action de destruction d'une part du tissu urbain pour reconstruire à neuf.

Patrimoine immatériel : notion apparue au début des années 1990 pour protéger les cultures traditionnelles (chants, danses, rituels, etc.).

Surfréquentation : fréquentation des visiteurs qui dépasse la capacité d'absorption du lieu.

Disneylandisation : terme de la géographe Sylvie Brunel désignant la transformation d'un territoire et de la société locale pour répondre aux attentes des touristes.

Exercices

01 Présenter à l'oral un projet d'urbanisme

Vous êtes le baron Haussmann et vous devez présenter à l'empereur Napoléon III le projet de réaménagement de l'urbanisme de la ville de Paris. Pour ce faire, vous lui montrez la carte ci-dessous et vous la lui commentez pour lui faire valider vos choix.

Le nouvel urbanisme de Paris : les travaux d'Haussmann

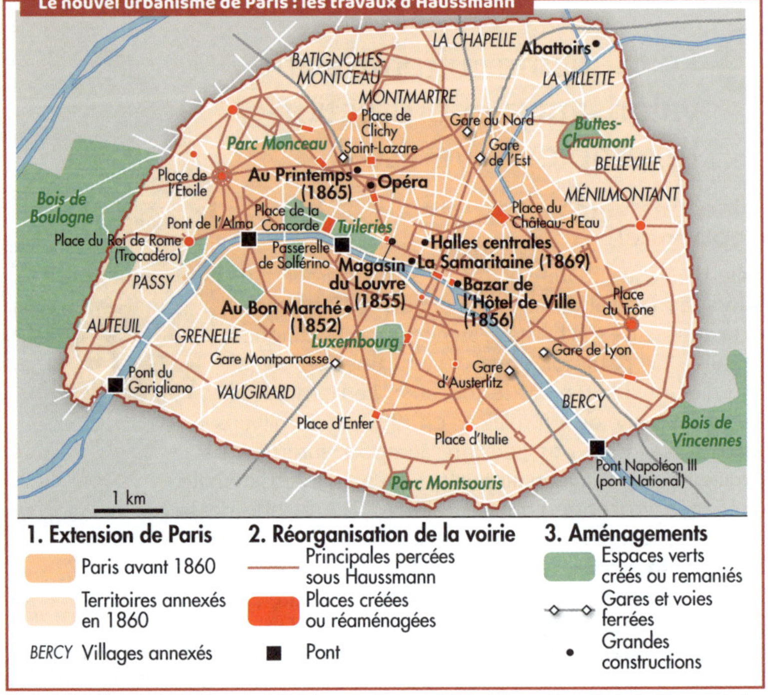

Source : Y. Carbonnier, « Paris, une géohistoire », *La Documentation photographique*, Paris, La Documentation française, n° 8068, 2009.

02 Présenter un argumentaire

Vous êtes procureur à la Cour pénale internationale et vous devez expliquer en quelques phrases les arguments pour lesquels vous demandez la condamnation d'un djihadiste ayant détruit certains des mausolées de Tombouctou. Indiquez les trois arguments principaux.

03 Lister des acteurs

Complétez le schéma ci-dessous en indiquant les acteurs jouant un rôle dans la préservation et la reconstruction du patrimoine à Tombouctou. Entourez ensuite en rouge les acteurs d'échelle internationale, en vert ceux d'échelle nationale et en bleu ceux d'échelle locale.

04 Analyser une situation

Expliquez en quoi la photographie montre les dangers de la surfréquentation touristique à Venise.

Source : *Le Marin*, Ouest France, 19 juillet 2016.

La France et le patrimoine, des actions majeures de valorisation et de protection

La gestion du patrimoine français : évolutions d'une politique publique

Une ancienne politique de conservation du patrimoine en France

En 1830 est instaurée la première politique de conservation du patrimoine en France par la création des Monuments historiques. Des écoles nationales sont instituées pour aider à la conservation du patrimoine : l'École des Chartes (1821), l'École du Louvre (1882), l'Institut national du patrimoine (1991). En 1913, l'État promulgue la loi sur la protection du patrimoine pour favoriser la conservation des biens (bâtiments ou sites naturels) ayant un intérêt national artistique ou historique. Ils sont inaliénables et **imprescriptibles**. La loi de 1930 protège le patrimoine culturel immatériel, celle de 1960 instaure les parcs nationaux sur les espaces naturels. En 1962, par la loi sur les secteurs sauvegardés, la notion de patrimoine est étendue aux centres historiques des villes (loi Malraux) qui vont alors être restaurés.

Une politique publique de conservation et de protection qui a évolué

La politique de préservation du patrimoine est ainsi passée en France de la conservation des bâtiments historiques à celle des biens immatériels puis à celle de sites naturels. Dans le même temps, la politique d'abord liée à des lieux ayant une forte valeur historique a été étendue à des espaces de plus vaste superficie comme des espaces de biodiversité ou des quartiers urbains. Depuis 2004, l'inventaire du patrimoine urbain et rural confié aux régions doit permettre de répertorier le patrimoine du quotidien. La politique publique est ainsi passée de la protection et de la valorisation d'un patrimoine exceptionnel à celles d'un patrimoine ordinaire.

En parallèle, des labels sont attribués à des villes ou à des bâtiments pour les rendre visibles et les protéger. Le public est également sensibilisé par quelques moments spécifiques comme les Journées du patrimoine (depuis 1984) ou par quelques actions particulières comme le Loto du patrimoine (créé en 2018) ou des émissions de télévision mettant en lumière le patrimoine national.

Vocabulaire

Imprescriptibilité : impossibilité de s'approprier un bien du domaine public pour une utilisation privée prolongée.

La patrimonialisation, entre héritage culturel et reconversion : le bassin minier du Nord-Pas-de-Calais

De la friche industrielle et minière...

L'exploitation du bassin minier du Nord-Pas-de-Calais a débuté après la découverte de charbon en 1720. Le bassin connaît un âge d'or de 1850 à 1967. L'économie, la société et les paysages ont été marqués par cette activité. Avec la désindustrialisation et la fermeture progressive des mines (par manque de rentabilité), le bassin minier a connu la multiplication des friches, le chômage de masse des anciens mineurs et ouvriers des industries lourdes. À partir des années 1980, des opérations de destruction des mines ou de **reconversion** des anciens bassins (création de bases de loisirs sur les terrils) ont été lancées et ont transformé les paysages.

... à la patrimonialisation

En 1984 est créé à Lewarde le Centre historique minier, puis en 1989 le réseau la Chaîne des terrils. Dans les années 1990 et 2000, plusieurs films sont tournés dans les anciens carreaux de mines du bassin minier, ce qui contribue à changer le regard sur ces espaces. En 2000, la création de la Mission Bassin minier a pour objectifs l'aménagement et le développement du bassin minier, ainsi que son inscription au patrimoine mondial de l'Unesco (projet abouti en 2012). Onze musées ouvrent, permettant de requalifier le territoire (fosse et chevalement restaurés et ouverts à la visite) et d'attirer des touristes. Au-delà des mines, la patrimonialisation s'étend peu à peu aussi aux cités minières par la réhabilitation des corons (quartier de maisons des mineurs).

Le patrimoine, facteur de rayonnement culturel de la France dans le monde et objet d'actions diplomatiques : le repas gastronomique des Français

Le repas gastronomique des Français, patrimoine immatériel

La gastronomie et le partage des repas sont des éléments essentiels de la vie et de l'identité des Français. En 2010, l'Unesco a inscrit le repas gastronomique des Français au patrimoine culturel immatériel de l'humanité. Construit à partir de pratiques héritées de la société de cour sous l'Ancien Régime et des fêtes de famille paysannes et bourgeoises du XIXe siècle, le **repas gastronomique** s'est peu à peu codifié, mais il s'adapte aux traditions régionales et aux cultures familiales.

Un repas pour le rayonnement culturel mondial de la France

Cet art de vivre est un des facteurs d'attractivité touristique de la France : un tiers des touristes y séjournent pour y goûter à la cuisine et aux vins. Le repas gastronomique est aussi utilisé par la diplomatie française. Le repas diplomatique a pour but de signer un traité, de calmer les tensions ou de manifester sa puissance. L'histoire de la diplomatie est marquée par de grands repas gastronomiques, reflets des rapports de puissance entre la France et les autres pays.

Vocabulaire

Reconversion : changement d'usage ou de fonction d'un espace en l'adaptant à de nouveaux usages ou fonctions.

Repas gastronomique : pratique sociale destinée à célébrer les moments les plus importants de la vie des individus en pratiquant alors l'art du bien manger et du bien boire.

Exercices

01 Construire une frise chronologique

En vous référant aux pages précédentes, construisez une frise chronologique où vous ferez apparaître les principales dates de la politique publique du patrimoine de 1830 à nos jours.

02 Analyser un document cartographique

Vous êtes membre de la Mission Bassin minier et vous devez présenter à l'oral le projet de classement au patrimoine mondial du bassin minier du Nord-Pas-de-Calais. Comment allez-vous justifier que seule une partie du bassin soit classée ?

Les espaces patrimoniaux et reconvertis du bassin minier du Nord-Pas-de-Calais

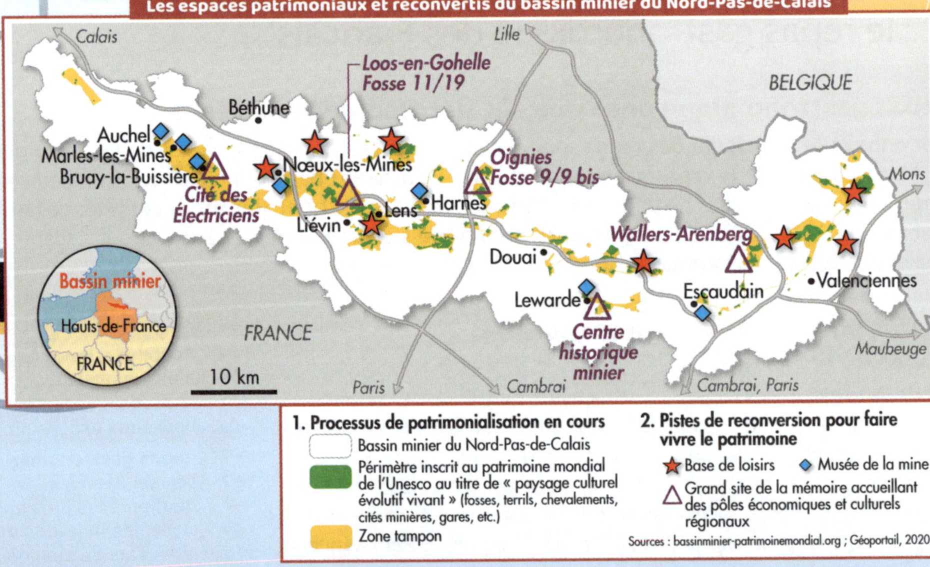

Sources : bassinminier-patrimoinemondial.org ; Géoportail, 2020.

03 Analyser une action de valorisation du patrimoine

À partir de l'affiche ci-contre, faites une fiche technique d'une action de valorisation du patrimoine.

Depuis quand ? ....

....

....

Dans quels objectifs ? ....

....

....

....

Quels acteurs participent ? ....

....

....

....

04 Connaître les dates majeures

Reliez chaque date à l'événement correspondant.

1. Création du patrimoine mondial de l'Unesco ○
2. La destruction du patrimoine reconnu comme crime de guerre ○
3. Création des monuments historiques en France ○
4. Travaux du baron Haussmann à Paris ○
5. Le château de Versailles devient le Musée de l'histoire de France ○
6. Bassin minier du Nord classé au patrimoine mondial ○
7. Démontage des frises des Panathénées ○
8. Loi Malraux sur les secteurs sauvegardés en France ○

- ○ 1830 a
- ○ 1962 b
- ○ 2012 c
- ○ 1801-1804 d
- ○ 1972 e
- ○ 2016 f
- ○ 1833 g
- ○ 1853-1870 h

Synthèse

Identifier, protéger et valoriser le patrimoine : enjeux géopolitiques

Le patrimoine

- **Un ensemble …**
  - Biens et pratiques représentatifs des sociétés
    - **Patrimoine matériel (bâtiments, objets)**
  - Biens et pratiques d'une valeur symbolique à transmettre
    - **Patrimoine immatériel (savoir-faire, paysages, rites)**
- **d'usages sociaux et politiques**
  - Au service du pouvoir politique et de la puissance d'un État
  - Source de cohésion sociale
    - **Culture et histoire communes**
    - **Identité nationale**
  - Source de tensions
    - **Politiques**
    - **Conflits d'usage**
- **Acteurs et échelles de la préservation et de la valorisation**
  - **Internationale**
    - Unesco
    - Fondations
    - Associations
    - Mécénat
  - **Nationale**
    - État
    - Mécénat
    - Financement participatif
  - **Locale**
    - Population
    - Collectivités territoriales
    - Entreprises privées
- **Effets de la patrimonialisation**
  - **Tourisme**
    - Développement économique
    - Collectivités territoriales
    - Entreprises privées
  - **Transformation des territoires**
    - Muséification
    - Disneylandisation

L'environnement entre exploitation et protection : un enjeu planétaire

Des milieux anthropisés

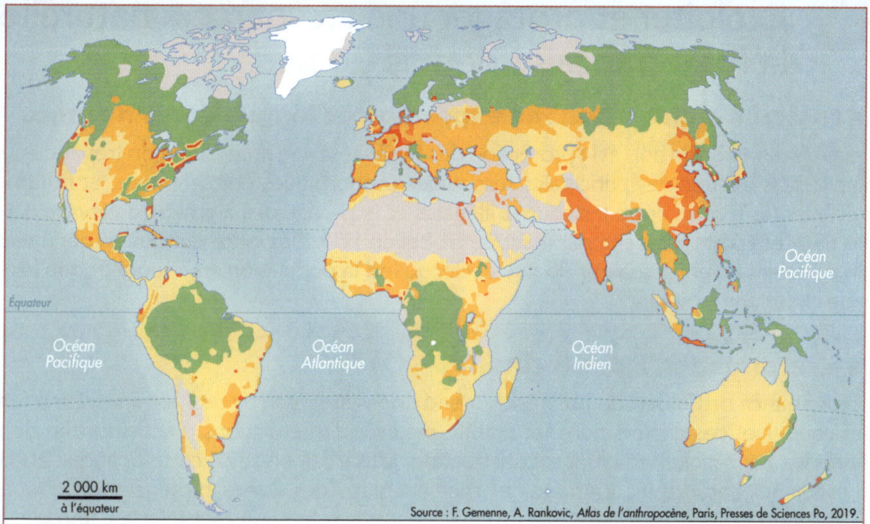

Source : F. Gemenne, A. Rankovic, *Atlas de l'anthropocène*, Paris, Presses de Sciences Po, 2019.

1. Des milieux fortement aménagés
- Zones urbaines ou densément peuplées
- Zones rurales très densément peuplées
- Terres cultivées
- Prairies et pâturages

2. Des milieux faiblement ou non aménagés
- Terres arides à végétation réduite faiblement habitées ou inhabitées
- Forêts faiblement habitées ou inhabitées

L'environnement est une notion en évolution portant au XIXe siècle sur la nature et les milieux naturels qui entourent l'homme. Dans les années 1970, la notion prend une dimension sociale et politique en analysant les impacts des activités humaines sur les milieux naturels. Les premiers mouvements liés à l'écologie politique et les associations de protection de la nature se développent, tandis que la première conférence des Nations unies sur l'environnement se tient à Stockholm en 1972. L'environnement peut ainsi se définir comme l'ensemble des relations entre les milieux et les actions humaines, à différentes temporalités et échelles. D'abord analysé à l'échelle locale et régionale, l'environnement relève aujourd'hui d'une approche globale et planétaire, prenant en compte tous les équilibres à la fois globaux et locaux. La préservation de l'environnement est devenue un enjeu mondial, tant politique, économique que social, face à la forte **anthropisation** des milieux.

Exploiter et protéger une ressource « naturelle » : la forêt française depuis Colbert

La forêt, un milieu aménagé et protégé de longue date en France

L'exploitation pour le bois et la protection des **forêts** est une préoccupation très ancienne de l'État. Dès le Moyen Âge, le bois est une des principales ressources économiques des seigneurs, et notamment du roi, aussi faut-il préserver les forêts contre les coupes illégales et le pacage des animaux d'élevage. La première administration des Eaux et Forêts est créée par Philippe Le Bel en 1219. Dès cette époque, la pénurie de bois est présente et la forêt devient un enjeu à partir du XIIe siècle, quand la population augmente et que les besoins en bois d'œuvre et de chauffage croissent.

La « réformation » des forêts

L'ordonnance de Colbert de 1669 entreprend une vaste réforme de l'administration forestière, une planification des coupes et des exploitations, et établit une liste d'interdictions d'activités afin de préserver les forêts pour répondre aux besoins (chauffage, construction, artisanat). En 1827, cette politique aboutit à la création du Code forestier qui encadre les pratiques et met en place des zones protégées ou d'interdiction de changement d'utilisation des sols forestiers. Malgré cela, les surfaces forestières atteignent leur plus bas niveau en 1830 avec 9 millions d'hectares de forêts (**taux de boisement** de 16,5 %).

La forêt française aujourd'hui

Grâce à l'abandon du charbon de bois, à l'utilisation d'autres matériaux de construction et de chauffage et aux politiques de reboisement menées par le Second Empire et la IIIe République (comme le boisement des Landes de Gascogne, de la Sologne et des montagnes), les forêts ont retrouvé une dynamique positive. Mais c'est la **déprise rurale** qui, générant des friches agricoles, a surtout favorisé la hausse du taux de boisement qui atteint aujourd'hui 31 % en France métropolitaine (16,9 millions d'hectares). En outre-mer, la France possède également 8,3 millions d'hectares de forêts tropicales. De nos jours, si quelques espaces forestiers essentiellement plantés en résineux sont très exploités économiquement (Landes, Vosges, Jura), la majeure partie des forêts présente des fonctions environnementales et récréatives, notamment près des grandes villes.

Vocabulaire

Anthropisation : transformation par l'homme.

Forêt : territoire d'au moins 5 000 m² occupé par un couvert boisé de plus de 10 %.

Taux de boisement : part des surfaces forestières dans la superficie totale du territoire national.

Déprise rurale : recul des activités rurales et départ d'une partie des ruraux, qui se traduisent par des friches et des terres abandonnées qui retournent à la forêt.

Le rôle des individus et des sociétés dans l'évolution des milieux : « révolution néolithique » et « révolution industrielle », deux ruptures ?

Conceptualisation des révolutions

Au cours de la Préhistoire, on distingue le passage vers 10 000 av. J.-C. de la pierre taillée (Paléolithique) à la pierre polie (Néolithique). À l'époque contemporaine, la machine à vapeur de James Watt (1768) marque le début de la première **révolution industrielle**.

Au terme « Néolithique » (V. G. Childe) est préféré celui de « néolithisation » (J.-P. Demoule), présentant un lent changement plutôt qu'une rupture. Pour la révolution industrielle, la notion de **système technique** (F. Caron) est mise en avant. L'**innovation** conduit à une **rupture systémique** plutôt qu'à une **révolution**.

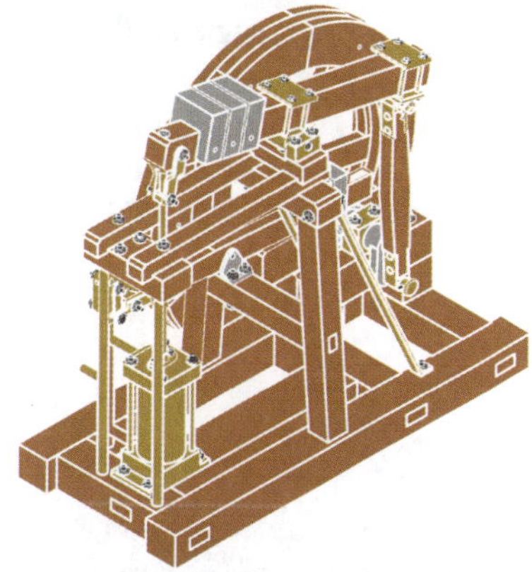

la machine à vapeur de James Watt (1768).

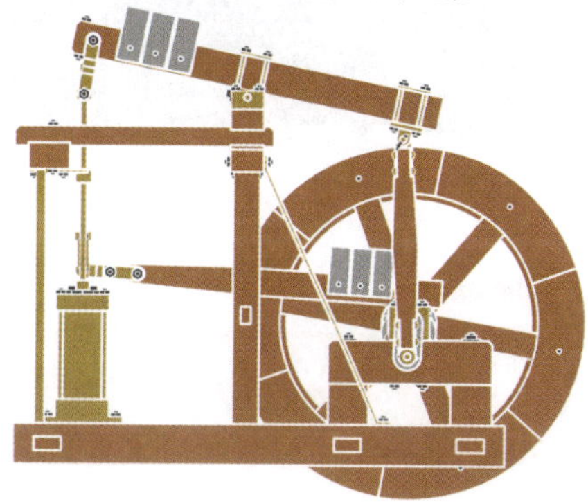

Spécificités de chacune des révolutions

Au Néolithique apparaissent sédentarisation, agriculture et élevage dans les sociétés humaines, qui vont entraîner une rupture dans leurs relations avec les milieux. L'appropriation de terres et le défrichement permettent une mise en culture de certains milieux.

La première révolution industrielle développe différentes industries (lourdes, de transformation, de consommation). Elle repose sur des ressources fossiles (charbon et minerai de fer), nécessitant extraction et transformation.

Effets des révolutions

Depuis des foyers initiaux (Mésopotamie, Angleterre), ces révolutions se sont développées à toutes les échelles selon une temporalité décalée, voire un retard pour certains espaces selon leur **biodiversité**. Les pratiques alimentaires (de végétale à carnée) et de consommation (de l'artisanat aux biens manufacturés) se sont modifiées. On constate des effets sur la natalité, conduisant à une croissance démographique au Néolithique, à la transition démographique pour la révolution industrielle, ce qui initie l'urbanisation. Les tâches sont spécialisées (agriculteurs, artisans, ouvriers) et sexuées.

Les effets sur les milieux sont majeurs : passer de la cueillette à l'agriculture induit sélection et domestication d'espèces végétales et animales. Les industries génèrent pollutions et maladies. Il en résulte une anthropisation des **écosystèmes**, et des résistances aux changements.

Vocabulaire

Révolution industrielle : mise en place d'un système technique particulier. La première s'étend des années 1780 aux années 1880.

Système technique : apparition de technologies fondamentales convergentes et interdépendantes, générant économie et société nouvelles.

Innovation : il en existe cinq formes : de matière première ; de produit ; de procédé de fabrication ; d'organisation de la production ; de débouché.

Rupture systémique : retour en arrière impossible.

Révolution : changement brusque et violent.

Biodiversité : diversité des formes de vie dans un milieu naturel.

Écosystème : ensemble formé par la relation entre êtres vivants et environnement.

Exercices

01 Comprendre les enjeux d'une filière : la filière bois

À partir de l'affiche ci-contre, expliquez à l'oral les enjeux de la filière bois française.

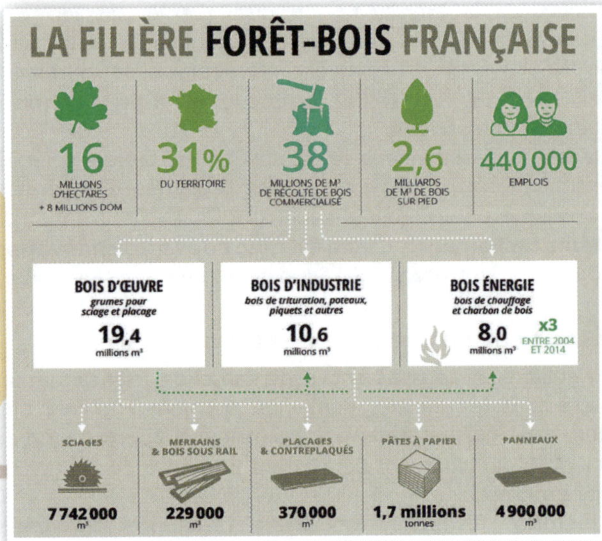

Source : Agreste, Ministère de l'Agriculture et de l'Alimentation, 2018.

02 Compléter une légende à partir d'une carte

À l'aide de la carte, complétez la légende sur la forêt française en indiquant les principales régions forestières, les espaces d'extension actuelle de la forêt, les espaces exploités pour le bois et les forêts récréatives périurbaines. N'oubliez pas le titre !

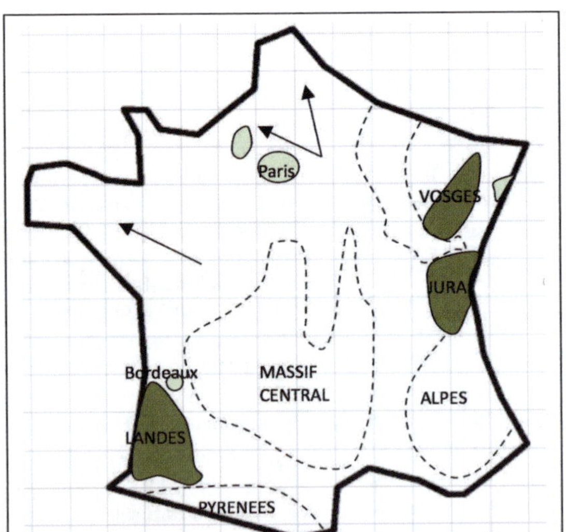

Légende

03 Organiser logiquement des connaissances

À partir des éléments observés sur les illustrations, réalisez un schéma logique en plusieurs étapes précisant les différents éléments d'évolution conduisant au concept de « révolution néolithique ».

Reconstitution d'un habitat néolithique sur les rives du lac de Paladru

b

An 4 du site, 2666 avant notre ère.

a

An 2 du site, 2668 avant notre ère.

c

An 9 du site, 2661 avant notre ère.

04 Analyser un document iconographique en utilisant une grille de lecture

Repérez et expliquez les différents éléments présents sur le tableau en montrant les effets de la révolution industrielle sur l'environnement.

Ignace François Bonhomme, *Les Mines à ciel ouvert de Blanzy en Saône-et-Loire*, 1857, aquarelle sur papier, Cnam.

Le changement climatique : approches historique et géopolitique

Les fluctuations climatiques et leurs effets : l'évolution du climat en Europe du Moyen Âge au XIXe siècle

Une analyse

Selon Köppen-Geiger (1961), l'Europe est une zone tempérée. Elle connaît depuis le Moyen Âge des cycles de variations de températures (chaud/froid). En 1959, H. Trevor-Roper est le premier à faire du climat un facteur de crise. E. Leroy Ladurie (1967) et J. de Vries (1968) étudient les premiers l'impact du climat sur l'homme. Depuis 1978, une méthode innovante et pluridisciplinaire croise archives humaines (écrites, statistiques, picturales, archéologiques, épigraphiques) et naturelles (glaciologie, dendrochronologie, spéléologie, météorologie, phénologie, palynologie). Avec le **GIEC** (Groupe intergouvernemental sur l'évolution du climat), la perception du **changement climatique** génère une réflexion sur les modèles et les leçons du passé. L'école historique climatique multiplie depuis les années 2010 l'analyse de tournants (fin de l'Empire romain, Vikings) en se réclamant d'une histoire mondiale connectée.

Un **trend**

Lors de l'**optimum climatique médiéval** (900-1300), le climat est doux (étés longs et chauds, hivers agréables), mais des variations subsistent. Dès le XIIe siècle, on observe un refroidissement. Du bas Moyen Âge (1303, C. Pfister) au début de la période contemporaine (1853, S. U. Nussbaumer), la tendance s'inverse (étés frais et humides, hivers rigoureux). Des crises se succèdent (années 1640, hiver 1709, étés fin du XVIIIe siècle) : c'est le **Petit Âge glaciaire**. Depuis les années 1780, les cycles sont plus favorables. Les années 1840 sont les dernières rigoureuses. On entre dans l'**Anthropocène**.

Des effets

Selon les cycles, les paysages perçus évoluent (glaciers qui s'allongent ou rétrécissent, essences forestières qui changent, vignes en extension ou en rétraction, fleuves pris ou non par les glaces en hiver). Un climat favorable, plus doux, permet un cercle vertueux : bonnes récoltes, accroissement démographique, développement du commerce, défrichements et colonisations. Un climat défavorable, plus frais, installe trois fléaux : « peste » (maladies, épidémies, pics de mortalité), « faim » (famines, crises frumentaires), et « guerre » (conflits, révoltes, révolutions). Il nécessite une action de l'État (aménagement de digues, contrôle des prix).

Vocabulaire

GIEC : Groupe intergouvernemental sur l'évolution du climat créé en 1988 par l'ONU.

Changement climatique : modifications actuelles dues à un réchauffement et ses conséquences.

Trend : signifie « tendance » en anglais. Terme économique, repris en histoire, pour identifier des périodes de longueurs variables.

Optimum climatique médiéval : termes, ou expression de H. H. Lamb (1965) désignant une période de réchauffement (900-1300).

Petit Âge glaciaire : termes, ou expression de F. Matthes (1939) pour désigner la période de refroidissement du XIVe au XVIIIe siècle.

Anthropocène : période géologique suivant l'Holocène. Néologisme (2016) soulignant l'action humaine sur les écosystèmes et le climat.

Le climat, enjeu des relations internationales : les accords internationaux

Un changement climatique en cours…

Depuis le milieu du XIXe siècle, le climat général de la terre se réchauffe suite à la sortie du Petit Âge glaciaire. Ce phénomène naturel est accéléré depuis le milieu du XXe siècle par les activités humaines. L'usage des énergies fossiles (charbon, pétrole, gaz naturel) pour les transports, le confort des particuliers (chauffage, climatisation), les industries et l'agriculture a conduit à une concentration croissante de **gaz à effet de serre** dans l'atmosphère.

… aux effets difficiles à prévoir

Le changement climatique actuel présente des formes variables selon les endroits de la planète. Globalement, le GIEC a listé parmi les principaux effets : la fonte des glaces (dans les régions polaires et dans les montagnes), la fonte du **pergélisol** arctique (qui libère alors du CO_2 et du méthane), la multiplication des phénomènes météorologiques extrêmes (tempêtes, cyclones, canicules, inondations, sécheresse), la montée du niveau moyen des océans, et une perte de **biodiversité** végétale et animale. Les conséquences sur les sociétés humaines sont importantes : destructions liées aux catastrophes naturelles, déplacés climatiques, baisse des productions agricoles dans certaines régions, surmortalité (liée aux canicules, à la pollution…), etc. Mais certains effets sont bénéfiques pour l'économie, comme l'ouverture de nouvelles voies maritimes (par l'Arctique) et de nouveaux espaces agricoles ou miniers.

Des conférences internationales pour y remédier ?

Le changement climatique actuel étant un phénomène global, d'échelle planétaire, il a été pris en compte par la communauté internationale. La première conférence sur le climat en 1979 (à Genève) a ouvert la voie à un ensemble de rencontres internationales, permettant de réfléchir aux solutions et actions à mener pour ralentir les effets des activités humaines sur le réchauffement. En 1988 est créé le GIEC, qui rend son premier rapport en 1990. En 2005 entre en vigueur le protocole de Kyoto qui vise à la réduction des émissions de GES par les pays signataires (184) de l'accord. Mais certains États se sont retirés de l'accord, comme le Canada. La COP 21 de Paris (2015) fixe comme objectifs la limitation de la hausse des températures à moins de 2 °C et une réduction de l'utilisation des énergies fossiles.

Vocabulaire

Gaz à effet de serre (GES) : gaz présents dans l'atmosphère et permettant l'effet de serre par absorption du rayonnement infrarouge.

Pergélisol : aussi appelé permafrost, est la partie du sol gelée en permanence dans les régions polaires.

Biodiversité : importance du nombre d'espèces vivant en un lieu donné.

Exercices

01 Identifier une périodisation

Indiquez sur le graphique les grandes tendances de l'évolution des températures à l'aide de flèches. Puis identifiez les « accidents » conjoncturels avec des cercles et reliez-les à vos connaissances. Enfin, identifiez différentes périodes climatiques grâce aux éléments précédents.

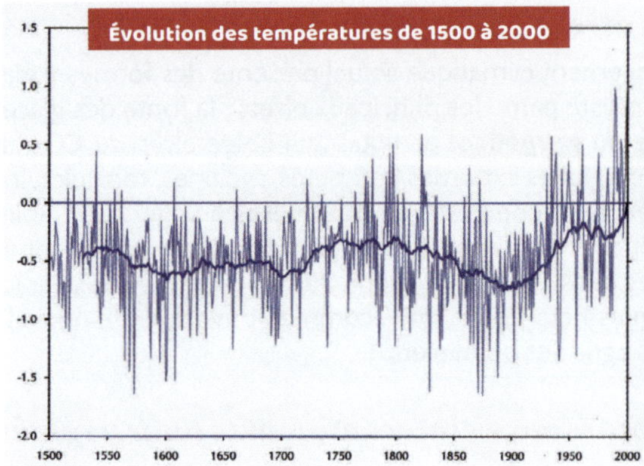

Source : Franz Mauelshagen, *Klimatgeschichte der Neuzeit 1500-1900*, Darmstatt, WBG, 2010, p. 66.

02 Relever des informations dans un texte

Soulignez à l'aide de trois couleurs différentes les éléments du document qui correspondent aux événements climatiques, aux conséquences agricoles et économiques et aux attitudes des différents acteurs du « grand hiver » de 1709.

« Les semences étaient bien germées [...] et à voir les blés aux environs de Noël, il y avait lieu d'espérer une récolte abondante en 1709 ; mais nos péchés ont tellement attiré sur nous la colère de Dieu, qu'il envoya l'ange évoqué dans l'Apocalypse, avec sa faux aiguë et tranchante pour moissonner cette belle campagne, vendanger ces vignes et jardins, car le 6 janvier de l'année 1709, il y tomba si grande quantité d'eau la nuit que la surface de la terre était remplie d'eau, et à peine cette pluie cessa, que l'on commença à sentir [...] un froid terrible, avec une si grande gelée, que toute la surface de la terre n'était qu'une glace ; la gelée prit au point du jour, et avant midi on pouvait marcher sur certaine glace, et trois jours après on pouvait marcher sur celle de la rivière. [...] Ce fâcheux hiver dura jusqu'environ le 8 ou le 10 mars, moment où le verglas fut entièrement fondu.
Les laboureurs étaient allés voir leur terre, où ils ne voyaient plus les blés. [...] Mon père avait acheté un setier d'orge [supplémentaire et] a ensemencé une partie de nos terres avec les blés manqués, ce qui nous a donné à la récolte plus de 40 setiers d'orge.
Il y eut ordre du Roi [Louis XIV] que chacun soit obligé de déclarer les grains qu'il possédait, au greffe de leur justice, sous peine de confiscation desdits grains. Il envoya des commissaires pour faire visiter des greniers, pour fournir les grandes villes, afin d'éviter les séditions et révoltes qui commençaient déjà à paraître. »

Extraits de *Chronique de Jean Taté de Château-Porcien*, publiée par H. Jadart, 1889.

03 Mettre en avant des situations contrastées

Indiquez dans le tableau ci-dessous à quelles catégories de pays (pays développés, pays émergents, pays en développement, pays les moins avancés) les États ou régions cités appartiennent. Expliquez ensuite pourquoi certains pays voient leurs émissions de GES augmenter quand elles diminuent chez d'autres.

Évolution entre 1990 et 2017 (en %)

Pays ou région	Gaz à effet de serre	Population	Types de pays
Chine	+ 353	+ 20	
États-Unis	+ 0,4	+ 28	
Inde	+ 304	+ 54	
Brésil	+ 115	+ 40	
Bangladesh	+ 546	+ 54	
France	- 15	+ 14	
Allemagne	- 22	+ 3,8	
Éthiopie	+ 520	+ 118	
Monde	+ 63	+ 41	

Source : Commission européenne, *Rapport sur les émissions de CO_2 dans le monde*, 2020.

04 Analyser une situation

À l'aide de la carte ci-contre, complétez le tableau des conséquences du changement climatique selon les régions du monde.

Source : Catherine Wihtol de Wenden, *Atlas des migrations*, Autrement, 2016.

Régions et espaces	Conséquences du changement climatique
Régions polaires	
Régions tempérées	
Régions intertropicales	
Littoraux	
Montagnes	

Les États-Unis et la question environnementale : tensions et contrastes

L'environnement aux États-Unis : entre protection de la nature, exploitation des ressources et transformation des milieux depuis le XIXe siècle

Un environnement aménagé aux ressources exploitées

L'immensité du territoire des États-Unis, de l'Atlantique au Pacifique, de la Floride subtropicale à l'Alaska polaire, explique la diversité des milieux naturels et des ressources. Ces dernières sont exploitées intensément de longue date par l'agriculture, la **sylviculture**, les extractions minières (charbon des Appalaches, minerais divers des Montagnes rocheuses, hydrocarbures de Californie, du golfe du Mexique, d'Alaska ou des Grandes Plaines) ou par l'hydroélectricité. La nature a permis l'industrialisation et sert la puissance économique du pays.

La conquête progressive des territoires au XIXe siècle et au début du XXe siècle, de la côte atlantique vers la côte pacifique (conquête de l'Ouest), et la conquête actuelle de l'Alaska (« la dernière frontière ») par des **fronts pionniers** ont profondément modifié l'environnement, générant également déforestation, pollutions (air, sol, eau) et perte de biodiversité.

Une ancienne protection de l'environnement

Pourtant, les États-Unis sont un pays pionnier en matière de protection de la nature. Les premiers parcs naturels nationaux y ont été créés (Yellowstone en 1872 ; Yosemite en 1890) par l'État fédéral. La protection de la ***wilderness*** est à mettre en lien avec les mouvements naturalistes très actifs à la fin du XIXe siècle (telle l'action de John Muir, fondateur du Sierra Club, première organisation non gouvernementale environnementale à avoir vu le jour en 1892). Le président Théodore Roosevelt (1901-1909) a également joué un rôle important, en multipliant les espaces naturels protégés et en fustigeant le gaspillage des ressources. Il a alors accru le rôle de l'État fédéral et l'a orienté vers la protection de l'environnement (par exemple, la gestion de l'eau est confiée à une agence fédérale). Ces politiques expliquent que le gouvernement fédéral possède aujourd'hui près d'un quart du territoire étatsunien. Les États fédérés peuvent également instituer des mesures de protection. Mais ils s'opposent de plus en plus à l'État fédéral et réclament la décentralisation de la politique environnementale, d'autant plus depuis l'arrivée du président Trump qui voulait ouvrir les parcs nationaux à l'exploitation minière et pétrolière.

Vocabulaire

Sylviculture : exploitation économique du bois des forêts.

Front pionnier : espace de mise en valeur des sols par l'arrivée de nouvelles populations dans un espace peu ou pas exploité précédemment.

***Wilderness* :** terme anglo-saxon désignant le caractère sauvage de la nature et, par extension, les espaces naturels protégés.

Les États-Unis et l'environnement à l'échelle internationale

Un poids majeur des États-Unis

Première économie mondiale, les États-Unis (4,4 % de la population mondiale) consomment à eux seuls 20 % de l'énergie mondiale (2e rang mondial) et émettent 15 % des GES (2e rang mondial). Cette forte **empreinte carbone** est largement liée au mode de vie des habitants (surconsommation énergétique par les voitures et les climatiseurs, gaspillage alimentaire, etc.). Selon l'ONG WWF, il faudrait cinq Terres pour satisfaire les besoins d'une population mondiale qui aurait le même mode de vie !
Pourtant, aujourd'hui, à l'échelle locale, une prise de conscience apparaît, sous l'influence de voix qui portent, comme celles de l'ancien vice-président Al Gore ou de stars hollywoodiennes ou du petit écran. De nombreuses villes (telles Chicago ou San Francisco), certains États fédérés (comme la Californie), souvent davantage touchés par les conséquences du changement climatique actuel, participent à des politiques internationales de réduction de la consommation.

Mais une faible participation aux mesures internationales

Dans les années 1960 et 1970, le gouvernement fédéral avait pris un certain nombre de mesures pour sauvegarder les éléments naturels essentiels à la vie, comme le *Clean Air Act* de 1970. Cependant, depuis les années 1990, les instances fédérales sont plus frileuses et refusent d'appliquer certaines des mesures contraignantes prises dans les conférences internationales. Face aux lobbies pétroliers, le gouvernement fédéral s'oppose aux **politiques bas carbone** de la COP21 et s'appuie sur les mouvements **climatosceptiques** étatsuniens. Le Sénat a refusé de ratifier le protocole de Kyoto en 1997, et plus récemment, le président Trump a retiré son pays de l'accord de Paris sur le climat en 2017 et a annulé une centaine de mesures environnementales. De plus, depuis les années 1980, les budgets des agences de protection de l'environnement, comme l'EPA (Agence de protection de l'environnement) ou les NPS (Services des parcs nationaux), ont diminué, ce qui oblige ces instances à trouver de nouveaux financements. Par exemple, les parcs nationaux ont augmenté les quotas de visiteurs afin d'avoir davantage de rentrées financières, ce qui provoque des dégradations écologiques par la surfréquentation de certains espaces.

Vocabulaire

Empreinte carbone : mesure des émissions des GES d'origine anthropique d'un espace donné.

Politique bas carbone : politique devant conduire à une baisse des émissions de GES par une réduction de la consommation des énergies fossiles.

Climatoscepticisme : attitude de rejet des théories scientifiques sur le changement climatique au nom de convictions religieuses ou de la défense des intérêts économiques.

Exercices

01 Compléter une frise chronologique

En utilisant les pages précédentes de cours, placez sur la flèche l'évolution des politiques environnementales des États-Unis de 1872 à 2017.

02 Analyser un document cartographique

Vous êtes un élu démocrate et vous devez présenter au Congrès des États-Unis une nouvelle politique de protection de l'environnement en utilisant la carte ci-dessous.

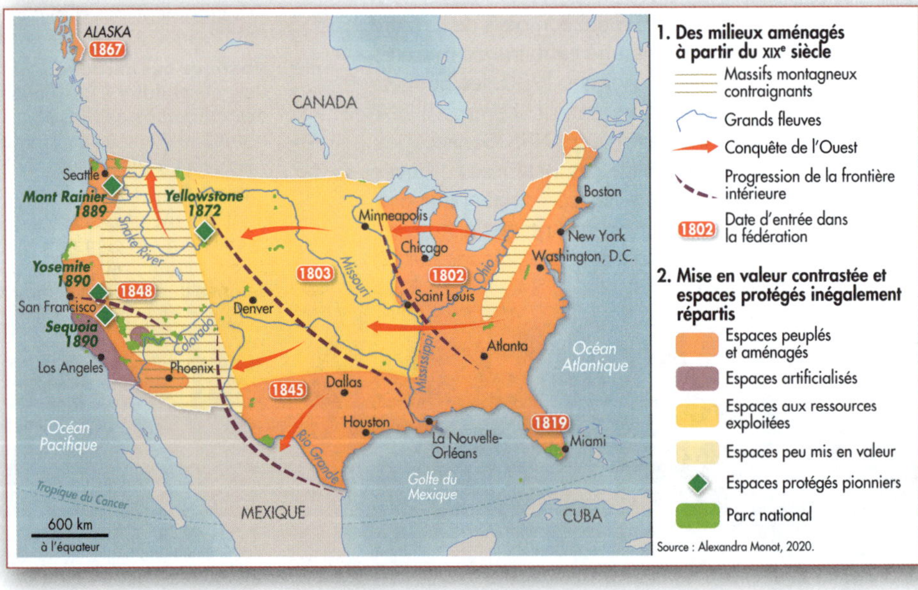

03 Construire un débat d'acteurs

Indiquez dans le tableau ci-dessous les arguments pour et ceux contre la politique de lutte contre le changement climatique aux États-Unis.

Pour	Contre

04 Analyser des stratégies d'acteurs

Dans le texte ci-dessous, entourez les acteurs en rouge, soulignez en bleu leurs modes d'action et encadrez en vert les effets de leurs actions. Comptabilisez au fur et à mesure les acteurs suivants :

Universités et institutions culturelles	Entreprises	Villes	États fédérés

« Plusieurs coalitions dans la société civile se sont formées pour atteindre l'objectif signé à Paris, malgré le retrait des États-Unis décidé par Donald Trump. [...] La coalition la plus audible est sans conteste *We Are Still in*, un mouvement rassemblant près de 3 500 entités dont près de 61 % d'entreprises. Son nom de baptême – « Nous y sommes encore » en français – est éloquent et ses deux porte-parole, Jerry Brown (ancien gouverneur de Californie) et Michael Bloomberg (ancien maire de New York), inflexibles. Aux côtés des firmes américaines, 289 villes participent aussi au mouvement ainsi que 353 universités, 10 États, 9 tribus ou encore 40 institutions culturelles. Ils représentent plus de la moitié de la population américaine, soit précisément 173 millions de personnes. Et correspondent à 60 % du PIB américain et 35 % des émissions de gaz à effet de serre du pays. [...] Grâce à leur mobilisation, les États-Unis ont réussi à atteindre deux tiers de l'objectif signé à l'accord de Paris, soit 17 % de moins des gaz à effet de serre comparé à 2005. Ce qui correspond au niveau d'émissions le plus bas depuis 25 ans. Aux côtés de *We Are Still in*, d'autres coalitions ont émergé. La US Climate Alliance, par exemple, qui inclut 16 États et Porto Rico, totalise 134 millions de personnes et représente environ 46 % du PIB américain. Ou encore le rassemblement US Climate Mayors, qui existait déjà avant le retrait de l'accord de Paris. Regroupant 29 villes en 2016, il en comprend désormais 412. [...] Aux États-Unis, les États fédérés ont à leur disposition des leviers très puissants en matière de politique environnementale. *Via* des décrets et des lois, ils peuvent contrecarrer les décisions prises par Donald Trump. Les villes contrôlent tout ce qui concerne l'aménagement urbain, les normes de bâtiments et la délivrance de permis de construire, les transports publics et la gestion de l'eau. Enfin, les entreprises ont une influence directe sur les secteurs polluants *via* leurs investissements. Et puisqu'elles représentent une part significative de la consommation d'énergie dans le pays, elles peuvent décider de comment elles veulent obtenir leur électricité et leur chauffage. »

D'après Hélène Gully, « Comment les Américains s'organisent pour lutter contre la politique de Trump, » *Les Échos*, 29 septembre 2018.

Synthèse

L'environnement entre exploitation et protection : un enjeu planétaire

	Enjeux environnementaux	Politiques mises en œuvre
EXPLOITATION PRÉSERVATION PROTECTION	**Des milieux transformés et inégalement protégés**	
	• Mise en valeur progressive et ancienne des espaces (depuis la révolution néolithique) : fronts pionniers plus intensifs dans les plaines et sur les littoraux, extensifs dans les montagnes ▸ anthropisation des milieux ▸ dégradations de l'environnement • Mobilisation de l'opinion publique dès la fin du XIXe siècle	• Politique de protection de la nature sur les espaces naturels jugés les plus beaux • Impulsion par les États • Mais des freins socio-économiques
	Des ressources exploitées	
	• De nombreuses ressources ▸ exploitation croissante ▸ prédation ▸ gaspillage • Des besoins croissants depuis la révolution néolithique et avec l'émergence économique ▸ forte empreinte écologique ▸ pollutions	• Mieux gérer les ressources (eau, air, forêt) : développement durable et protection de l'environnement • Impulsion par les États
CHANGEMENT CLIMATIQUE	**Des changements climatiques anciens**	
	• Origine naturelle : cycles climatiques plus chauds ou plus frais	• Des sociétés humaines rurales vulnérables mais qui se sont adaptées
	Un changement climatique actuel particulier	
	• Origine naturelle accélérée par les activités humaines • Forte augmentation des températures • Ampleur des conséquences sur l'environnement et les sociétés humaines	• De nouveaux acteurs : ONG, sociétés civiles, entreprises • Une coopération internationale

« La véritable école du commandement est donc la culture générale. »

Devise du lycée militaire de Saint-Cyr, citation extraite de Charles de Gaulle, *Vers l'armée de métier*, Paris, Berger-Levrault, 1934.

L'enjeu de la connaissance

Dans *The Age of Discontinuity* (1969), Peter Drucker définit la notion de « société de la connaissance », comme une richesse fondée sur le capital humain (ensemble des savoirs, savoir-faire et savoir-être) et sa transmission.
Grâce à la société de l'information (usage intensif des technologies de l'information et de la communication – TIC), ce capital est disponible à faible coût, démocratiquement et universellement. On obtient une économie de la connaissance, produisant et diffusant des savoirs et générant un développement économique. Cela induit un débat sur le contrôle, la régulation et la fiabilité des connaissances diffusées, ainsi que sur les exclusions liées à ce modèle économique.
Les acteurs et les modalités de la circulation de la connaissance se sont modifiés. Sous l'impulsion de décideurs publics (comme les États) ou privés (comme des firmes transnationales) se développent des *clusters*, des territoires où se concentrent universités, laboratoires de recherches et entreprises qui travaillent en collaboration dans un ou plusieurs domaines. Interconnectés grâce aux TIC, ces espaces s'appuient sur tous les types de médias pour communiquer, échanger et diffuser leurs savoirs.

Donner accès à la connaissance : grandes étapes de l'alphabétisation des femmes du XVIe siècle à nos jours dans le monde

Une conquête

Au XVIe siècle, moins de 20 % des Européens sont **alphabétisés**. Chez les femmes, cette part est faible car leur **éducation** n'est que ménagère. Avec la **Réforme**, les sociétés se **sécularisent**. On passe d'une culture orale à une culture écrite. Les femmes sont **instruites**, surtout dans les catégories aisées, mais par des congrégations religieuses. Au XVIIIe siècle, les femmes lettrées tiennent salon, voire participent aux travaux de leur époux.

Des moyens

Seule une **politique scolaire** permet de résoudre l'**illettrisme.** En France, les femmes accèdent à l'enseignement primaire (1850), puis au lycée (1890), et ont le même baccalauréat que les hommes (1924). En Chine, le pouvoir communiste a fait passer de 15 à 80 % l'alphabétisation entre 1949 et 1970.
L'ONU s'implique par ses organismes (Unesco, Unicef) pour faire de l'éducation une volonté intergouvernementale. Elle crée une journée mondiale de l'alphabétisation (8 juin) et pour les droits des fillettes et adolescentes (11 août). Dans ses *Objectifs* (2015), l'alphabétisation des femmes est un élément des stratégies de développement contre la pauvreté. Cela permet l'accès au travail, l'autonomie, et par extension la prise de conscience sanitaire et sexuelle. L'ONU a fixé pour 2030 l'alphabétisation fonctionnelle, pour 2072 l'alphabétisation universelle.

Des résultats

Mais les progrès restent contrastés : en 1950, 44 % de la population adulte mondiale étaient **analphabètes** ; en 2019, 14 % le sont encore. Sur 775 millions d'analphabètes, 500 millions (soit les deux tiers) sont des femmes, notamment en Asie centrale et du Sud, et en Afrique subsaharienne.
Des blocages socioculturels et économiques limitent dans certaines régions les progrès. Les stéréotypes sexistes, liés aux religions (Boko Aram au Nigeria), provoquent des situations dramatiques, comme en témoigne le prix Nobel de la paix 2014 M. Yousafzai. En Afrique, l'attitude face aux menstruations ou la distance à l'école restent un frein pour accéder à l'éducation. Dans les pays riches, un « plafond de verre » persiste pour les femmes et la parité reste un objectif difficile à atteindre.

Vocabulaire

Alphabétisation : fait de savoir lire et écrire. Est fonctionnelle dans un cadre précis. Est universelle pour désigner toutes ses formes.

Éducation : dans ce contexte, maîtrise de contraintes sociales.

Réforme : schisme protestant au sein du christianisme favorisant la lecture individuelle de la Bible.

Sécularisation : perte d'influence des religions.

Instruction : action de former et développer une personne.

Politique scolaire : action d'un État favorisant éducation et enseignement des enfants.

Illettrisme : non-maîtrise de la lecture et/ou de l'écriture.

Analphabète : personne qui ne sait ni lire ni écrire.

Produire de la connaissance scientifique : recherche et échanges des hommes et des femmes de science sur la question de la radioactivité de 1896 aux années 1950

Une recherche fondamentale progressive

En 1895, W. Röntgen découvre les rayons X. En 1898, H. Becquerel constate la **radioactivité** naturelle, que M. Curie identifie dans différents éléments, et que H. Geiger mesure en 1928. En 1930, E. Lawrence construit le premier accélérateur de particules. J. Chadwick observe la structure de l'atome (1933). En 1934, I. et F. Joliot-Curie découvrent les premiers éléments radioactifs artificiels. En 1938, l'équipe d'O. Hahn réalise la fission de l'uranium. En 1940, G. Seaborg découvre le plutonium.

Des applications

En médecine, l'Institut du radium de M. Curie découvre des propriétés pour soigner plaies et tumeurs. En 1937, E. Lawrence soigne la thyroïde par radiothérapie. Les rayons X sont appliqués à l'imagerie médicale. Dans l'énergie, en 1942, E. Fermi fait fonctionner la première « pile atomique ». En 1951, les États-Unis connectent la première centrale nucléaire au réseau électrique.

Durant la Seconde Guerre mondiale se déroule une « course à la bombe ». Grâce au **projet Manhattan**, les Américains sont les premiers à faire exploser puis utiliser la bombe atomique (juillet-août 1945), et à découvrir la bombe à hydrogène (1952). La dissuasion nucléaire devient un enjeu de la Guerre froide, les autres puissances se dotant aussi de ces armes.

La communauté scientifique

Au XXe siècle, le concept de communauté scientifique remplace celui de **communauté savante**. Réseau international regroupant les chercheurs d'un domaine, elle permet les interactions et des débats autour de valeurs et de méthodes partagées. Les découvertes se font dans des laboratoires (Institut du radium puis fondation Curie). Elles sont échangées (congrès Solvay depuis 1911) et contrôlées (**AIEA**, 1957). Elles sont récompensées (prix Nobel de physique en 1903 pour P. et M. Curie ainsi qu'H. Becquerel).

C'est une lettre d'A. Einstein (2 août 1939) au président américain Roosevelt qui a été déterminante pour la mise au point de la bombe atomique. Mais dans un manifeste en 1955, le physicien regrettera cette action face au risque de guerre nucléaire.

Vocabulaire

Recherche : travaux théoriques menés par des scientifiques. La recherche est fondamentale si elle est menée sans but précis ; elle est appliquée si elle est menée dans un but précis.

Radioactivité : propriété physique d'atomes capables de se transformer en émettant particules et énergie.

Projet Manhattan : scientifiques réunis par les États-Unis pour trouver une arme nucléaire.

Communauté savante : scientifiques regroupés dans une institution à l'audience réduite et débattant sur tous les sujets.

AIEA : Agence internationale pour l'énergie atomique.

Exercices

01 Comprendre un document graphique

Retrouvez et placez les dates correspondant aux différents événements permettant d'expliquer l'évolution de la courbe relative aux femmes.

Évolution de l'apposition de signatures sur les contrats de mariage en France au XIXe siècle

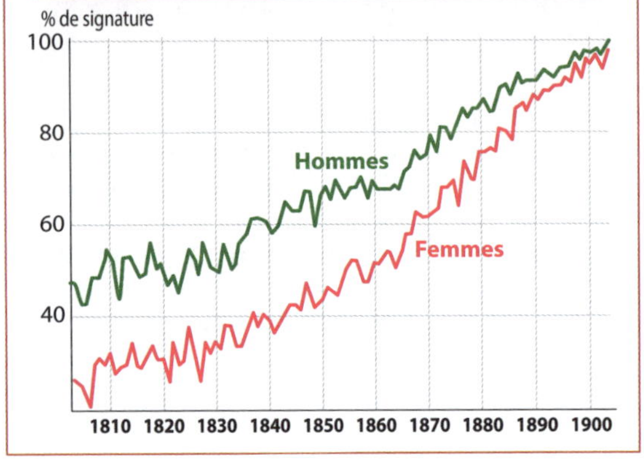

Source : J.-P. Pélissier, D. Rébaudo, « Une approche de l'illettrisme en France », *Histoire et mesure*, n° 19, 2004.

02 Relever des arguments dans des documents

Identifiez dans les documents ci-dessous les éléments permettant de justifier l'existence d'une « communauté scientifique » au début du XXe siècle.

« À l'invitation d'un industriel et philanthrope belge, Ernest Solvay, une vingtaine des plus brillants esprits du XXe siècle ont empli ces murs d'ésotériques réflexions sur la nature profonde de la matière et de l'énergie, ouvrant la voie à la physique moderne. [...] Une réflexion du physicien allemand Nerst à son épouse en dit long sur la nouveauté du congrès : "Hier soir, j'avais un Français à ma droite, un Anglais à ma gauche et je leur parlais tour à tour !" [...] Solvay invente là une nouvelle manière de faire la science internationale, conviviale et dégagée des considérations politiques. [...] »

Extraits de Stéphane Foucart, « À l'Hôtel Métropole, Einstein, Marie Curie, Henri Poincaré et d'autres réinventèrent la science », lemonde.fr, 27 juillet 2015.

Les participants du premier congrès Solvay, Hôtel Métropole, Bruxelles, 1911. Assis, de gauche à droite : Walther Nernst, Marcel Brillouin, Ernest Solvay, Hendrik Antoon Lorentz, Emil Warburg, Jean-Baptiste Perrin, Wilhelm Wien, Marie Curie, Henri Poincaré. Debout, de gauche à droite : Robert Goldschmidt, Max Planck, Heinrich Rubens, Arnold Sommerfeld, Frederick Lindemann, Maurice de Broglie, Martin Knudsen, Friedrich Hasenöhrl, Georges Hostelet, Edouard Herzen, James Hopwood-Jeans, Ernest Rutherford, Heike Kamerlingh-Onnes, Albert Einstein, Paul Langevin.

03 Analyser une carte

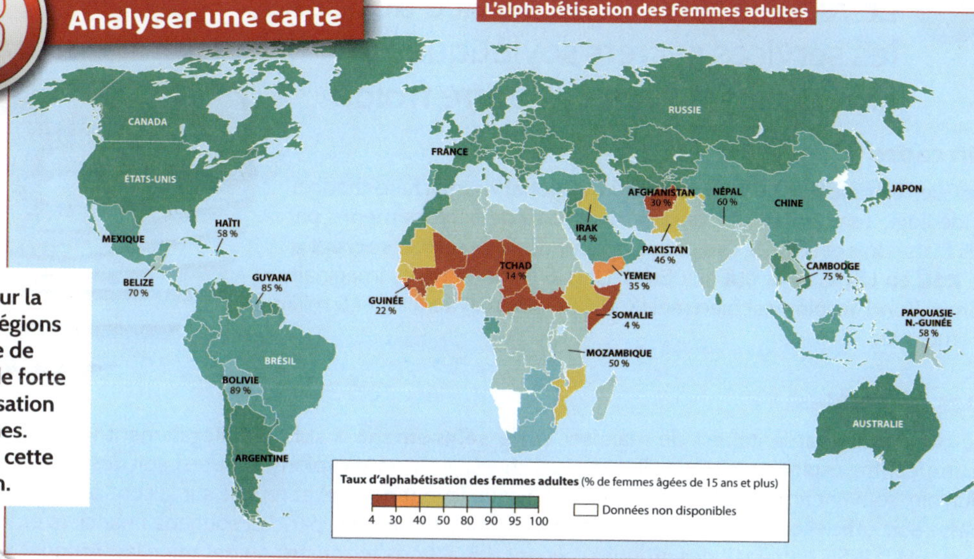

Repérez sur la carte les régions du monde de faible et de forte alphabétisation des femmes. Expliquez cette répartition.

04 Identifier des éléments de connaissance pour construire une argumentation

Le rédacteur en chef de votre revue de vulgarisation scientifique pour la jeunesse vous demande de présenter la période de découvertes des phénomènes liés à la radioactivité à la fin du XIXe siècle en montrant qu'elles sont liées entre elles. Réalisez un schéma logique présentant ces découvertes, leurs auteurs et les relations entre ces éléments.

Le renseignement au service des États : les services secrets soviétiques et américains durant la Guerre froide

Un cadre

La Guerre froide (1947-1989) est un conflit global visant à faire changer d'idéologie l'ennemi (W. Lippmann). Il oppose deux blocs menés par les États-Unis et l'URSS. Ces deux pays ont des **« services secrets »** : le **KGB** en URSS et la **CIA** aux États-Unis. S'il y a un héros imaginaire, James Bond, l'espion est bien réel (K. Philby). Le KGB aurait eu 1,5 million d'employés.

Des méthodes

Le principe fondamental est de maîtriser le **renseignement**. Il s'obtient illégalement (espionnage) ou est un leurre (contre-espionnage). On utilise soit la technologie (avions espions, écoutes), soit des êtres humains. Le biais humain, souvent amoral (chantage), est lent, risqué (agent double) et repose sur la confiance. Le renseignement passe soit officiellement par la propagande, soit officieusement par des soutiens financiers et logistiques, par exemple l'URSS entraînait des groupes menant des actions terroristes ou des guérillas (Afrique). Les États-Unis, eux, cherchaient l'avantage militaire (missiles *Stinger* en Afghanistan). La propagande a été utilisée par les deux camps : les partis communistes ouest-européens avaient un réseau de compagnons de route (artistes engagés), tandis que les États-Unis diffusaient vers l'Est la Radio Free Europe.

Des actions

Médiatiquement, on dénonce l'espionnage, comme l'**affaire Rosenberg**. Il est théâtralisé, avec les **transfuges** ou l'échange sur le « pont des espions » (Glienicke à Berlin, G. Powers contre W. Fischer en 1962). La violence est un autre moyen d'action : des assassinats ciblés (« **parapluie bulgare** ») comme des campagnes d'actions terroristes (Proche-Orient) sont menés pour entretenir un climat de peur. Enfin, politiquement, des opérations secrètes cherchent à déstabiliser ou soutenir les régimes en place (plan Condor de la CIA en Amérique latine). L'échec de ces actions (1961, Cuba) renforce les régimes en place.

Vocabulaire

Services secrets/de renseignement : administration publique collectant par tous les moyens des éléments servant les intérêts d'un pays.

KGB : sigle russe pour « Komitet gossoudarstvennoï bezopasnosti » ou « Comité pour la sécurité de l'État » créé en 1951. Son siège est place Dzerjinski à Moscou. C'est la police politique du totalitarisme soviétique.

CIA : « Central Intelligence Service » créé en 1947. Son siège est à Langley. Il ne doit agir qu'en dehors des États-Unis, il dispose d'une autonomie budgétaire mais dépend du National Security Council qui analyse, coordonne et décide.

Renseignement : toutes les connaissances sur un sujet permettant un avantage.

Affaire Rosenberg : couple arrêté, jugé, condamné et exécuté aux États-Unis en 1955 pour avoir fourni des renseignements à l'URSS sur les recherches atomiques.

Transfuge : personnalité passant d'un bloc à l'autre suite à des négociations.

Parapluie bulgare : seringue empoisonnée sur un parapluie utilisé par des agents bulgares pour le KGB.

Circulation et formation des étudiants, transferts de technologie et puissance économique : l'exemple de l'Inde

Les étudiants en Inde et dans la diaspora

Le système scolaire et universitaire indien est calqué sur celui du Royaume-Uni, ancienne puissance coloniale, et met l'accent sur la maîtrise de l'anglais et des sciences technologiques. Aujourd'hui, le taux d'alphabétisation atteint 74 % (seulement 66 % pour les femmes).
De plus, une part des étudiants indiens se forment à l'étranger : le pays est au deuxième rang mondial pour la mobilité étudiante avec 332 000 étudiants s'expatriant pour suivre leurs études. Ils se dirigent essentiellement vers l'Amérique du Nord (États-Unis, Canada), l'Océanie (Australie, Nouvelle-Zélande) et vers l'Europe de l'Ouest (Royaume-Uni, Allemagne).

La connaissance, outil de l'émergence de l'Inde

Les formations universitaires proposées ont permis à l'Inde de se hisser dans les principaux rangs mondiaux pour la médecine, l'informatique et la pharmaceutique. L'Inde est devenue le « bureau du monde », excellant dans les tâches de sous-traitance informatique ou de bureautique. Les **transferts de technologie** depuis les pays occidentaux ont permis des **remontées de filière** dans les industries pharmaceutiques, de biotechnologies ou d'aéronautique. La diaspora indienne participe largement à l'amélioration des technologies en Inde, soit par des **investissements productifs**, soit par la formation à l'étranger de ses étudiants. Ces derniers contribuent à diffuser à leur retour des idées, des techniques et des méthodes apprises à l'étranger.

Mais des fragilités encore nombreuses

L'acquisition de la connaissance en Inde est toutefois marquée par deux inégalités fondamentales qui freinent la puissance du pays. D'un côté, le système scolaire et universitaire est fondé sur des inégalités sociales (les basses castes ont moins accès aux études) et de genre (les filles sont moins scolarisées que les garçons et font de moins longues études quand elles en font). De l'autre côté, l'essor des nouvelles technologies et l'économie de la connaissance se concentrent spatialement dans le sud du pays, dans les États du Kérala, du Tamil Nadu et du Karnataka, notamment dans la région de Bangalore, devenue la Silicon Valley indienne.

Vocabulaire

Diaspora : dispersion d'une communauté ethnique ou d'un peuple à travers le monde.

Transfert de technologie : transfert d'un pays à un autre de techniques de fabrication par le biais d'implantation d'entreprises étrangères et/ou de contrats.

Remontée de filière : processus économique qui vise à fabriquer des produits de plus en plus complexes et élaborés.

Investissement productif : somme versée pour favoriser le développement d'un secteur de l'économie.

Exercices

01 Interpréter un document iconographique

Identifiez sur le document ci-contre tous les éléments qui mettent en avant les méthodes des agences d'espionnage pendant la Guerre froide. Puis montrez qu'il s'agit d'une affiche de propagande.

02 Restituer des connaissances

Vous êtes un journaliste français en reportage à Berlin en 1984. Votre rédaction vous demande une série d'articles dont le premier doit permettre de contextualiser le climat particulier de ce véritable « nid d'espions ». Vous rassemblez donc l'ensemble de vos arguments sous forme de carte mentale permettant de justifier cette dénomination.

Berlin,
« Nid d'espion »

Exercices

03 Réaliser un croquis de synthèse d'une situation géographique

En vous aidant du cours, complétez le schéma ci-contre.

Légende (à compléter)

- ☐ Principaux pays d'accueil des étudiants indiens

Des retombées positives :

- ☐ Des transferts de fonds vers l'investissement productif
- ☐ Des transferts de technologie
- ☐ Mais seulement au profit de quelques régions de l'Inde

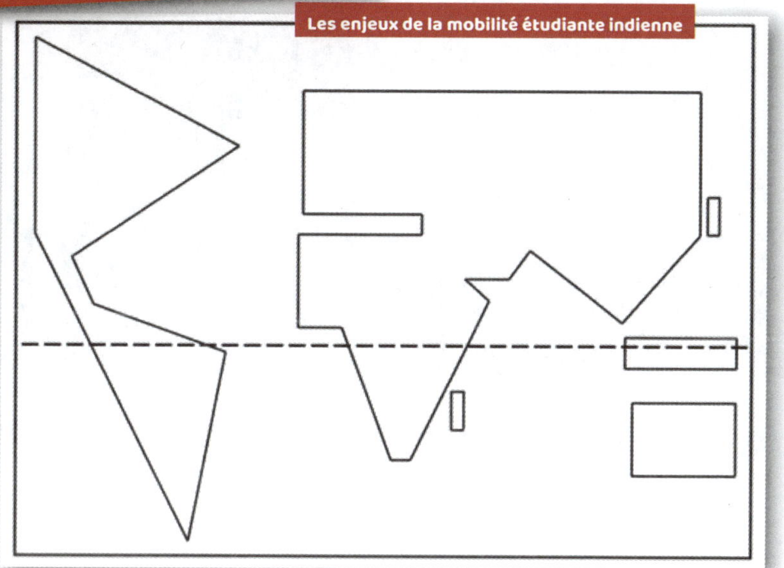

04 Expliquer une situation

Vous devez expliquer au président américain Donald Trump l'intérêt de la connaissance pour favoriser le développement économique du pays. Indiquez les arguments avancés.

Le cyberespace : conflictualité et coopération entre les acteurs

Le cyberespace, entre réseaux et territoires

Le cyberespace est devenu un enjeu majeur

Le **cyberespace** s'est peu à peu constitué dans les dernières décennies du XXe siècle. Il se fonde sur des infrastructures matérielles (***datacenters***, câbles, satellites), logicielles (moteurs de recherche, réseaux sociaux, sites d'achat en ligne), et sur l'espace immatériel dans lequel circulent les données numériques.
Son fonctionnement repose sur un petit nombre d'acteurs. Les États-Unis sont l'acteur dominant : ils regroupent 40 % des *datacenters* mondiaux, possèdent les leaders mondiaux des vendeurs en ligne, des réseaux sociaux et des moteurs de recherche, les **Gafam** ; de plus, la plupart des câbles sous-marins passent par les côtes américaines, etc. L'importance étatsunienne s'explique par son rôle dans la naissance d'Internet. Mais ce leadership est peu à peu concurrencé, notamment par les **BATX** chinois.

Un cyberespace sous tension et menacé

Le cyberespace concentre une part croissante des activités économiques, politiques et sociales, aussi est-il devenu un facteur de puissance des États qui le considèrent désormais comme un espace de souveraineté. Les questions de cybersécurité sont aujourd'hui un enjeu majeur face à des cyberattaques toujours plus nombreuses (sabotage, espionnage et subversion). La question de sécurité des réseaux matériels se pose également. Les menaces sont d'autant plus prises au sérieux qu'Internet est de plus en plus utilisé pour attaquer des sites officiels d'États ou de FTN, pour diffuser des rumeurs, des fausses nouvelles, ou pour faire de la propagande afin d'influencer les opinions publiques nationales ou internationales. Certains pays, comme la Chine ou la Corée du Nord, vont jusqu'à contrôler voire censurer l'accès de leurs ressortissants à Internet.

Vocabulaire

Cyberespace : espace de communication créé par l'interconnexion mondiale des systèmes d'information et de communication.

***Datacenters* :** lieux de stockage des données numériques.

Gafam : acronyme désignant les FTN étatsuniennes dominant les technologies du numérique (Google, Amazon, Facebook, Apple et Microsoft).

BATX : équivalent chinois des Gafam, désignant les géants chinois du web (Baidu, Alibaba, Tencent et Xiaomi).

Cyberdéfense, entre coopération européenne et souveraineté nationale : le cas français

La stratégie française de cyberdéfense

Conscients de leur vulnérabilité face aux **cybermenaces**, de nombreux États renforcent leurs moyens d'action et leur coopération. C'est le cas de la France qui, depuis la fin des années 2000, développe des coopérations avec ses partenaires membres de l'Union européenne et de l'Otan. Des stratégies de **cyberdéfense** sont ainsi mises en place pour lutter contre les attaques sur les systèmes d'information numériques. La France a listé six missions du Commandement de la cyberdéfense créé en 2017 et placé sous tutelle du ministère des Armées : anticiper les menaces, protéger les systèmes informatiques, détecter les **cyberattaques**, identifier les auteurs des attaques, réagir par la lutte informatique et riposter.

Des coopérations : vers une gouvernance du cyberespace ?

Face aux cyberattaques, le droit international reste limité : la Cour internationale de justice ou le Conseil de sécurité de l'ONU ne reconnaissent aux États un droit de riposte défensive que dans le cas où la cyberattaque équivaut à une agression armée, ce qui n'est généralement pas le cas. Il y a un vide juridique. De plus, la complexité croissante d'Internet rend de plus en plus difficile l'identification des auteurs de cyberattaques et des donneurs d'ordre.

Pour faire front, les États s'organisent en améliorant les techniques de protection des données, et celles d'analyse des logiciels malveillants, et en sensibilisant aux risques leurs utilisateurs nationaux d'Internet. Mais les coopérations internationales restent limitées, certains pays s'opposant à un droit international du cyberespace comme la Russie ou la Chine. Toutefois, en 2015, l'ONU a adopté un rapport sur les comportements dans le cyberespace et les négociations se poursuivent pour instaurer un code de conduite commun. Les coopérations se développent davantage à l'échelle régionale. L'Otan a été précurseur en la matière depuis 2013 et a lancé en 2016 une stratégie commune de **cybersécurité**.

Vocabulaire

Cybermenace : programmes malveillants ciblant un utilisateur (individu, entreprise, administration) d'Internet.

Cyberdéfense : ensemble des moyens matériels et immatériels mis en place par un pays pour lutter contre une attaque dans le cyberespace.

Cyberattaque : acte malveillant envers un dispositif informatique *via* le réseau Internet.

Cybersécurité : ensemble des lois, politiques, outils, dispositifs, mécanismes de sécurité pouvant être utilisés pour protéger les utilisateurs d'Internet.

Exercices

01 Compléter un tableau

En utilisant les pages de cours précédentes, indiquez les acteurs d'Internet et leurs rôles.

Les acteurs du cyberespace

Acteurs publics	Rôle dans le fonctionnement du cyberespace	Rôle dans les cybermenaces et cyberattaques
....	....	....
....	....	....

Acteurs privés	Rôle dans le fonctionnement du cyberespace	Rôle dans les cybermenaces et cyberattaques
....	....	....
....	....	....

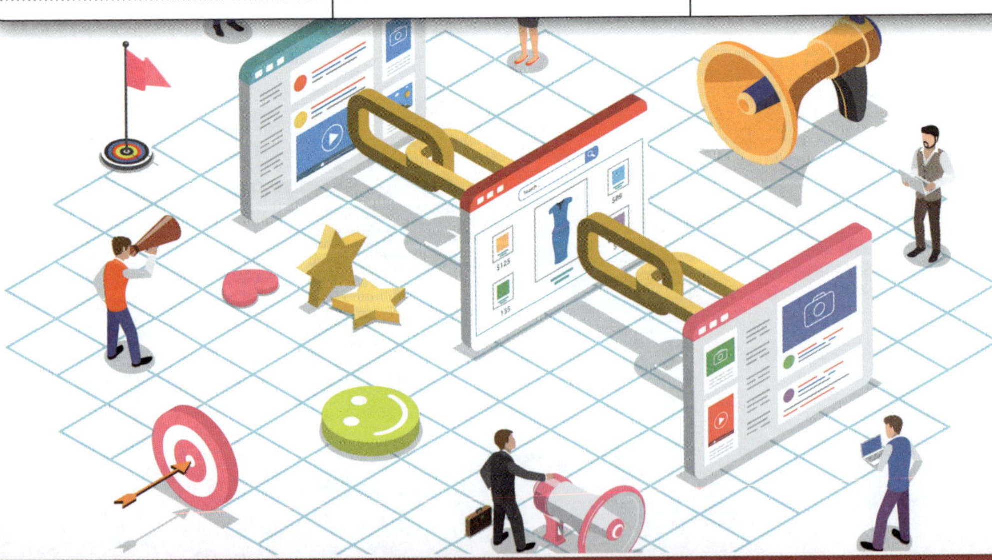

L'enjeu de la connaissance

LA CONNAISSANCE

PRODUIRE

Humanisme
Expérimentation, recherche
Connaissance scientifique
Technologie
Innovation

DIFFUSER

Alphabétisation, éducation
Communauté savante, communauté scientifique
Mobilité étudiante
Transfert de technologie
NTIC, Internet, cyberespace

UTILISER

Légalement
École
Congrès scientifique
Publication
Médias

Illégalement
Espionnage
Propagande
Fake news
Cybermenaces, cyberattaques

PROTÉGER

Quoi
Les réseaux (matériels et virtuels)
Les *datacenters*
Les médias

Contre qui
Services de renseignement étrangers
Pirates informatiques
États malveillants
Terroristes

Par qui
Autorités étatiques (services secrets, défense)
Entreprises (FTN)
Gouvernance régionale et/ou mondiale

Corrigés

De nouveaux espaces de conquête

Conquêtes, affirmations de puissance et rivalités

Les puissances spatiales en 2020 dans le monde .... p. 10

- Pays en capacité de lancer des fusées : États-Unis, France, Brésil, Russie, Chine, Inde, Japon, Israël, Italie
- Pays à l'origine de la conquête spatiale : États-Unis, Russie
- Noms des pays émergents : Chine, Inde, Brésil
- Noms des entreprises spatiales privées : Sea Launch, Space X

Les dates clés de la conquête spatiale .... p. 10
1) c : 1961 • 2) a : 1957 • 3) d : 1969 • 4) e : 1976 • 5) b : 1983

La bataille navale .... p. 11
Classement décroissant des navires selon leur importance : porte-avions • croiseur • destroyer • patrouilleur.
Autres navires de guerre : cuirassé • corvette • sous-marin • frégate, etc.

Les forces navales mondiales .... p. 11

Rang	Pays	Tonnage (en millions de tonnes)
1	États-Unis	3
2	Chine	1,2
3	Russie	1,1
4	Royaume-Uni	0,4
5	Japon	0,4
6	Inde	0,3
7	France	0,2

Être une puissance mondiale .... p. 11
1) Puissance spatiale • 2) Puissance militaire • 3) Puissance diplomatique • 4) Puissance maritime

Enjeux diplomatiques et coopérations

Pas facile d'être un astronaute ! .... p. 14
1) Oui • 2) Nationalités russe, canadienne, étatsunienne, européenne, japonaise • 3) Dans une navette spatiale • 4) Des missions en physiologie, biologie, mécanique des fluides et science des matériaux • 5) Oui • 6) La vie à bord est en apesanteur • 7) Non car les travaux de recherche sont utilisés par tous les partenaires de l'ISS puisqu'il s'agit d'une coopération internationale.

Astronautes de l'ISS ou non ? .... p. 14
b) Claudie Haigneré • **d)** Thomas Pesquet

Les limites juridiques des espaces marins .... p. 15
Noms des types d'espaces marins : d) Mer territoriale **a)** (12 miles nautiques) • **e)** Zone économique exclusive **b)** (200 miles nautiques) • **f)** Haute mer **c)** (au-delà de 350 miles nautiques)
Cocher en vert : Plateau continental : **D)** • ZEE : **A)** • Plateau continental étendu : **E)**
Cocher en rouge : Extension de la ZEE à 350 mn : **B)** Haute mer (tranche d'eau et sous-sol) : **C)** et **F)**

Les espaces marins : ressources et territorialisation ...... p. 15
a) Enjeux économiques • **b)** Enjeux environnementaux • **c)** Ressources énergétiques • **d)** Ressources minérales • **e)** Conflits • **f)** Exploitation de la biodiversité • **g)** États côtiers • **h)** Mer territoriale

La Chine : à la conquête de l'espace, des mers et des océans

La conquête spatiale chinoise .... p. 18
2003 : 1er taïkonaute • 2011 : station orbitale (2011-2015) • 2013 : 1er alunissage • 2014 : entreprises privées • 2019 : lancement depuis une plateforme mobile • 2020 : nouveaux programmes d'exploration spatiale

Revendications et ambitions maritimes chinoises .... p. 18
1) Trois ambitions : maîtriser ses frontières maritimes, contrôler les mers de Chine, se projeter dans l'océan Pacifique
2) Mers de Chine méridionale, de Chine orientale et Jaune
3) Des conflits frontaliers (conflits sur les archipels des Paracels et Spratleys, l'île Senkaku, l'île Leodo).

La Chine, une puissance ? .... p. 19
1) **a)** Vrai • 2) **b)** 2e • 3) **a)** Vrai • 4) **c)** 3e • 5) **a) régionale et mondiale** • 6) **b)** Faux • 7) **a)** des bases de lancement **c)** une agence spatiale nationale, **e)** des satellites

Faire la guerre, faire la paix : formes de conflits et modes de résolution

La dimension politique de la guerre : des conflits interétatiques aux enjeux transnationaux

Repérer des informations sur un document cartographique .... p. 24
1) **Belligérants :** Grande-Bretagne, Prusse, Portugal, leurs alliés et colonies
Localisation : Pays d'origine, Amérique du Nord et du Sud, îles des Antilles, comptoirs sur les littoraux africains, Sud et Sud-Est asiatiques
Importance stratégique : Maîtrisent davantage les mers et les routes commerciales maritimes
Situation finale : Étendent leur influence et leurs possessions en Amérique du Nord et en Asie du Sud
2) **Belligérants :** France, Espagne, Autriche, Russie, leurs alliés et colonies
Localisation : Pays d'origine, Amérique du Nord, centrale et du Sud, îles des Antilles, comptoirs sur les littoraux africains, Sud et Sud-Est asiatiques
Importance stratégique : Possèdent davantage de terres et de colonies
Situation finale : Perte de territoire et d'influence en Amérique du Nord et en Asie du Sud

Analyser un document .... p. 24
« La guerre est une singulière trinité composée : de **la violence originelle de son élément, de la haine et de l'hostilité**, qu'on peut considérer comme un instinct aveugle ; du jeu des probabilités et du hasard, qui y introduit l'activité libre de l'âme ; de **la nature subordonnée de l'instrument politique**, ce qui la rapporte à l'entendement pur. La première de ces trois faces correspond au peuple, la seconde au général et à son armée, la troisième au gouvernement. Les passions qui y seront mises en jeu doivent déjà exister entre les nations ; l'étendue qu'acquiert l'élément de courage et de talent dans le domaine de la probabilité et du hasard dépend de la qualité du chef et de l'armée ; **les fins politiques se rapportent exclusivement au gouvernement**. »

Transposer des connaissances sous une autre forme ... p. 25
Titre du schéma : L'organisation de l'espace d'Al-Qaïda
Légende organisée :
1) Des espaces d'implantation
2) Des actions menées par Al-Qaïda : actes terroristes, espaces ayant fait allégeance
3) Des confrontations qui conduisent à des évolutions de l'organisation : le cas de l'EIIL, l'Irak et la Syrie, les interventions des puissances extérieures.

Identifier des informations .... p. 25
Symétrique : **b)** • **f)**
Asymétrique : **a)** • **c)** • **e)** • **h)** • **i)**
Les deux : **d)** • **g)**

Les défis de la construction de la paix

Réaliser un schéma logique à partir d'un document ...... p. 28
Bien indiquer les deux belligérants principaux (Saint Empire romain germanique et la France) avec d'une part leurs principaux alliés, mais surtout placer au centre le fait que les princes allemands se retrouvent des deux côtés. Les conflits sont à la fois territoriaux et religieux. Les conséquences sont d'une part morts et destructions, d'autre part paix et partage de l'Europe.

Repérer des éléments dans un document iconographique .... p. 28
Repérer les éléments matériels du traité (coffret, texte, sceaux), les différents représentants et témoins, le fait de jurer/ratifier le traité, la protection divine accordée par la représentation pieuse dans le lustre.

Analyser un document cartographique .... p. 29
L'ONU a mené de nombreuses missions de maintien de la paix soit en prévention des conflits par la voie diplomatique, soit en envoyant des Casques bleus sur les zones de conflits armés (en particulier dans les Balkans, dans la région du Golfe persique, en Afrique centrale). Mais certaines tensions demeurant fortes même une fois le conflit achevé, les missions de l'ONU se poursuivent (RDC, Soudan du Sud, Cachemire, Sahara occidental, Haïti).

Analyser une affirmation .... p. 29
Entourer les termes les plus importants et les relier entre eux pour pouvoir les expliquer : ONU / Organisation / K. Annan ; principe(s) fondamental(aux) ; droit d'ingérence ; paix et sécurité collective. Donner des exemples d'ingérence de l'ONU dans des conflits régionaux et/ou des guerres civiles (Haïti, RDC, Côte d'Ivoire, Angola).

Le Moyen-Orient : conflits régionaux et tentatives de paix impliquant des acteurs internationaux (étatiques et non étatiques)

Construire une argumentation à partir d'un document cartographique .... p. 32
Insister sur la fragmentation de l'espace palestinien (État avorté de 1947 ; trois pouvoirs qui se partagent l'autorité : Israël, OLP, Hamas) et le « grignotage » des territoires palestiniens par Israël (barrière de sécurité ; colonies juives).

Analyser un document iconographique .... p. 33
Bien repérer les éléments et les lier à des connaissances afin de montrer que la guerre en Irak est en partie à l'origine de l'essor du djihadisme : manche à droite : étoile et rayure pour l'Oncle Sam / États-Unis ; l'arrosoir : forme du territoire de l'Irak, mention de la guerre mais il y en a eu plusieurs (1990-1991 / 2003 / 2011 /2014) qui ont conduit à un rejet de l'ingérence américaine ; missiles sortant de la tête de l'arrosoir ; arroser le désert ; « pousses » de terroristes cagoulés et armés nés de la présence de l'armée américaine.

Histoire et mémoires

Histoire et mémoires des conflits

Associer une notion à des connaissances .... p. 38
a) Réparations financières • **b)** Coup de couteau dans le dos • **c)** Responsabilité du conflit • **d)** Vision française : faire payer à tout prix • **e)** Nationalisme • **f)** Revendications non satisfaites • **g)** Vision plus modérée anglo-saxonne • **h)** Rôle des autres pays partenaires

Défendre une opinion .... p. 38
1) Rappeler le rôle déclencheur de l'attentat de Sarajevo • 2) La volonté d'agir militairement pour régler la situation • 3) La confiance dans le soutien indéfectible de la Triplice (Allemagne, Autriche-Hongrie, Italie) (voir p. 36)

Réorganiser vos connaissances .... p. 39
1962 : Volonté d'oubli – exaltation du sacrifice / journalisme • 1980 : Témoignage qui s'affirme – arabisation / mémorialisation • 2000 : Reconnaissance – revendication / travaux historiques renouvelés

Trouver des arguments .... p. 39
1) Manipulation idéologique • 2) Différentes propositions selon différents groupes concernés • 3) Opposition forte et persistance d'une opinion différente • 4) Reconnaissance officielle de la guerre de 1999 • 5) Désaccords entre chercheurs • 6) Poids des groupes d'opinion • 7) Mise en avant comme symbole • 8) Volonté forte de recherche et résultats anciens

Histoire, mémoire et justice

Établir des liens avec ses connaissances .... p. 42
Crime contre l'humanité : a) • c) • f) • g) • h)
Génocide : d) • f) • j) • k)
Crimes de guerre et autres formes d'accusation : b) • d) • e) • i)

Identifier des informations et les réutiliser dans une argumentation .... p. 42
À gauche, assis, les juges et le jury populaire ; au centre, debout, l'accusé seul ; assis à l'arrière-plan, le public. Insister sur l'aspect particulier de ce tribunal qui est qualifié de populaire : pas de professionnels de la justice, issus des zones touchées par les crimes de l'accusé....

Utiliser des définitions dans un contexte .... p. 43
On peut reprendre les étapes d'un processus judiciaire : se saisir / être saisi d'un dossier ; mener son enquête par différents moyens ; entamer des poursuites ; procéder au jugement. Mais il faut bien rappeler à chaque fois que cela repose sur certains principes liés au droit international.

Se repérer dans les temps historiques .... p. 43
Évolution chronologique des chefs d'accusation (1944 : génocide, 1945 : crime de guerre et crime contre l'humanité) ; conflits yougoslaves (1991-2001) et rwandais (1990-1993) ; période où a siégé le TPIY (1995-2017) et le TPIR (1994-2015) ; apparition de la CPI (1998).

L'histoire et les mémoires du génocide des Juifs et des Tsiganes

Comparer des documents .... p. 46
1) Auschwitz-Birkenau (camp de concentration et d'extermination en Pologne actuelle) et Yad Vashem (musée en Israël).
2) La perception de la mémoire du génocide des Juifs et des Tsiganes a évolué : de monuments figuratifs rendant hommage à tout un peuple martyrisé à des visages individuels de tous les disparus.
3) Proposition de thème : oubli volontaire / réapparition et affirmation / diffusion et entretien

Identifier, protéger et valoriser le patrimoine : enjeux géopolitiques

Usages sociaux et politiques du patrimoine

Faire correspondre des connaissances entre elles .... p. 52
Régimes politiques : Monarchie absolue ; Révolution et Ier Empire ; Restauration ; Monarchie de Juillet ; IIe République ; IInd Empire ; IIIe République ; IVe République ; Ve République
Utilisations du château de Versailles : avant 1789, résidence royale / 1809, impériale ; 1833, musée ; 1871-1873, siège du gouvernement ; 1875, congrès du Parlement ; depuis la fin du XIXe siècle, fonction de représentation politique ; depuis le début du XXe siècle, location événementielle, notamment pour le tournage de films.

Comparer des documents .... p. 52
Importance du choix symbolique de la galerie des Glaces ; organisation des groupes de personnages (debout, assis) ; organisation de la construction des tableaux (tension vers la gauche et vers l'Empereur ; regard au centre vers les 4 puissances vainqueurs) ; présence / absence des armes et des uniformes ; choix des couleurs

Construire une argumentation .... p. 53
Signification : histoire grecque.
Usages : muséographie et transmission.
Portée : rayonnement culturel et intellectuel du modèle grec et par-delà de la civilisation gréco-romaine donc européenne.

Classer des informations .... p. 53
Pour enjeux : propriété, conservation, translocalisation.
Pour arguments : vol, pillage, destruction, spoliation.
Contre enjeux : légalité, muséification, diplomatie.
Contre arguments : illégalité, justice, patrimoine, prêt.

Patrimoine, la préservation entre tensions et concurrences

Présenter à l'oral un projet d'urbanisme .... p. 56
Éléments de réponse : agrandir la ville en annexant les villages voisins, aérer le tissu urbain par de grandes avenues et de nouvelles places pour mettre en valeur les monuments (anciens ou de nouveaux), détruire les vieux quartiers populaires insalubres et les remplacer par de nouveaux immeubles bourgeois plus modernes, créer des espaces verts dans la ville, créer de nouveaux bâtiments économiques (halles, abattoirs, grands magasins) et culturels (opéra), relier la capitale aux provinces (gares).

Présenter un argumentaire .... p. 56
- Destruction d'un patrimoine culturel pluriséculaire.
- Destruction d'un bien classé au patrimoine mondial de l'humanité.
- Détruire un bien culturel est un crime de guerre.

Lister des acteurs .... p. 57
Unesco • État malien • Casques bleus (ONU) • Communautés locales • Jeunes

Analyser une situation .... p. 57
Éléments de réponse : taille des paquebots par rapport à celle des bâtiments ; foule de touristes (visibles aussi sur les ponts du bateau) ; vagues et mouvements de l'eau dans les canaux au passage des paquebots sapent les fondations de bâtiments ; dégradations architecturales et environnementales.

La France et le patrimoine, des actions majeures de valorisation et de protection

Construire une frise chronologique .... p. 60
1821 : École des Chartes • **1830** : Monuments historiques • **1882** : École du Louvre • **1913** : loi sur la protection du patrimoine

• **1930** : loi de protection du patrimoine immatériel • **1960** : loi sur les parcs nationaux • **1962** : loi sur les secteurs sauvegardés • **1984** : Journées du patrimoine • **1991** : Institut national du patrimoine • **2004** : inventaire du patrimoine urbain et rural • **2018** : Loto du patrimoine

Analyser un document cartographique .... p. 60
Éléments de réponse : certains secteurs rasés, d'autres en friches très dégradées ; sauvegarder les secteurs les mieux préservés, ceux ayant déjà un musée, ceux présentant des paysages spécifiques et reconnus ou réputés (corons, fosses, terrils, etc.).

Analyser une action de valorisation du patrimoine .... p. 61
Journées du patrimoine : depuis 1984 ; pour promouvoir le patrimoine matériel et immatériel local, régional et national, pour donner accès à des lieux patrimoniaux habituellement fermés ; tous les acteurs publics (État, collectivités territoriales) participent ainsi que certains acteurs privés (entreprises, particuliers) en ouvrant leurs propriétés aux visiteurs.

Connaître les dates majeures .... p. 61
1) e • 2) f • 3) a • 4) h • 5) g • 6) c • 7) d • 8) b

L'environnement entre exploitation et protection : un enjeu planétaire

Exploiter, préserver et protéger

Comprendre les enjeux d'une filière : la filière bois ...... p. 66
Éléments de réponse : faible utilisation du bois par rapport à la taille de la forêt française ; filières industrielles liées à la ressource en bois ; forte croissance du bois énergie (chauffage essentiellement).

Compléter une légende à partir d'une carte .... p. 66

Les principaux espaces de la forêt française

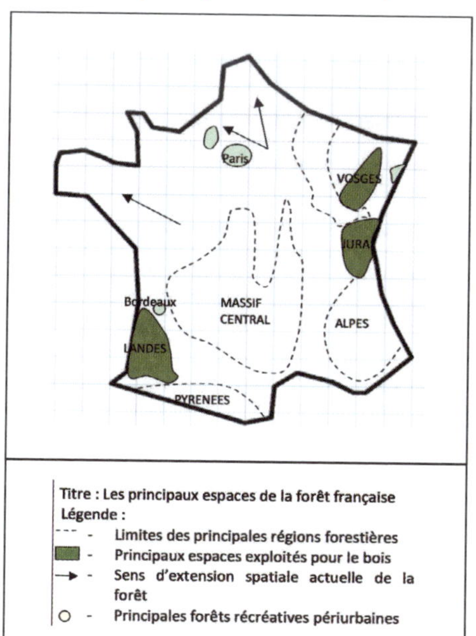

Organiser logiquement des connaissances .... p. 67

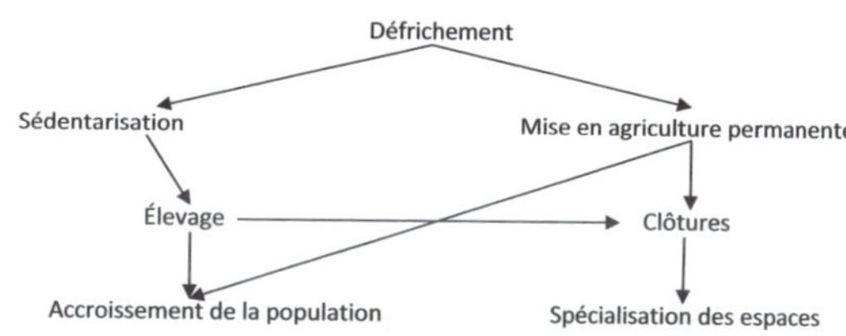

Analyser un document iconographique en utilisant une grille de lecture .... p. 67
Fumées / usines / exploitation minière • contraste des couleurs / saleté / assombrissement / brutalité de l'exploitation de la nature par les hommes / destruction du paysage

Le changement climatique : approches historique et géopolitique

Identifier une périodisation .... p. 70
Identifier les « pics » de températures les plus chaudes / les plus froides ; les brusques chutes ou remontées par rapport à la période précédente ; les « seuils » soit chauds soit froids.
Être capable d'établir une césure entre optimum climatique / Petit Âge glaciaire / réchauffement.

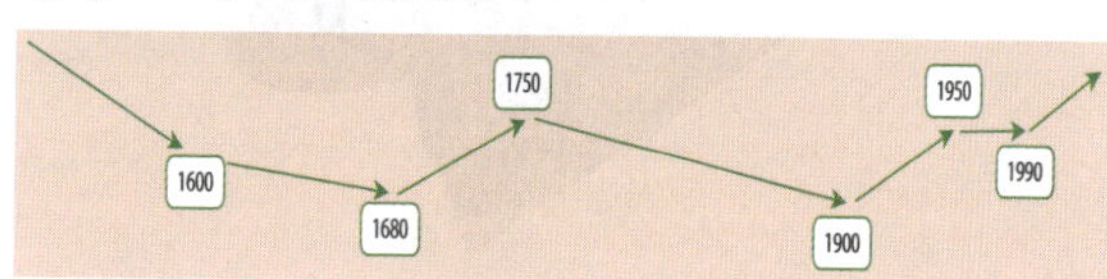

Relever des informations dans un texte .... p. 70

Événements climatiques : Noël 1708 pas de problème ; 6 janvier 1709 pluies ; froid ; gelées 3 jours durant puis persistance jusqu'en mars.
Conséquences agricoles et économiques : espoir de bonne récolte effacé ; pas de blés ; obligation d'acheter de nouvelles semences et recommencer le travail donc endettement et retard de récolte ; manque de production et spéculation ; faim.
Attitudes des acteurs : punition des pêchés ; contrôle par l'État ; séditions et révoltes.

Mettre en avant des situations contrastées .... p. 71

Pays développés : États-Unis, France, Allemagne.
Pays émergents : Chine ; Inde ; Brésil.
Pays en développement : Éthiopie.
Pays les moins avancés : Bangladesh.
Émissions de GES en augmentation : forte croissance démographique ; industrialisation ; essor du mode de vie occidental.
Émissions de GES en diminution : politiques de lutte contre les GES ; désindustrialisation ; comportements écologiques.

Analyser une situation .... p. 71

Régions et espaces	Conséquences du changement climatique
Régions polaires	Dégel du pergélisol ; fonte de la calotte glaciaire ; élévation du niveau des mers
Régions tempérées	Élévation du niveau marin ; fonte des glaciers ; désertification ; inondations
Régions intertropicales	Élévation du niveau marin ; inondations ; cyclones
Littoraux	Élévation du niveau marin ; cyclones ; inondations
Montagnes	Fonte des glaciers ; désertification

Les États-Unis et la question environnementale : tensions et contrastes

Construire une frise chronologique .... p. 74

1872 : création des parcs nationaux • **1892 :** création du Sierra Club • **1901-1909 :** État fédéral prend en charge l'environnement • **1960-1970 :** nombreuses mesures environnementales • **1970 :** *Clean Air Act* • **1997 :** refus du Sénat de ratifier le protocole de Kyoto • **2017 :** retrait de l'accord de Paris sur le climat.

Analyser un document cartographique .... p. 74

Éléments de réponse : appropriation et exploitation des milieux naturels à partir du XIXe siècle par la Conquête de l'Ouest ; importance des espaces anthropisés et artificialisés dans les Grandes Plaines et sur les littoraux ; importance des espaces naturels protégés dans les montagnes ; la prédation sur les ressources (minières et pétrolières) se poursuit ; protéger ce qui reste d'espaces peu mis en valeur.

Construire un débat d'acteurs .... p. 75

Pour : limiter la désertification de certaines régions • limiter les phénomènes climatiques extrêmes (tornades, cyclones) • limiter les maladies respiratoires.
Contre : frein au développement économique • coût des mesures environnementales • remise en cause du mode vie américain et de l'*American Dream*.

Analyser des stratégies d'acteurs .... p. 75

Acteurs : État fédéral ; société civile et ses coalitions (*We are still in*, U.S. Climate Alliance, U.S. Climate Mayors, etc.) ; élus (maires, gouverneurs) ; firmes et entreprises (2135) ; municipalités (289 + 412) ; États fédérés (10 + 16) ; tribus amérindiennes ; universités et institutions culturelles (353 + 40).
Modes d'action : législation (décrets, lois) ; contrôle de l'aménagement urbain (normes des bâtiments, permis de construire, transports publics, gestion de l'eau) ; investissements dans des technologies moins polluantes.
Effets des actions : deux tiers de l'objectif signé à l'accord de Paris, soit 17 % de moins des gaz à effet de serre comparé à 2005.

L'enjeu de la connaissance

Produire et diffuser des connaissances

Comprendre un document graphique .... p. 80

1850 : accès à l'enseignement ; **1890 :** primaire : accès au lycée

Relever des arguments dans des documents .... p. 80

Comprendre ce qu'est un congrès scientifique organisé par un industriel ; identifier les noms de savants que vous connaissez ; faire le lien avec le texte : « 20 des plus grands esprits » ; « à ma gauche un Français, à ma droite un Allemand [et moi Anglais] et je leur parlais tour à tour ».

Analyser une carte .... p. 81

Espaces de forte alphabétisation des femmes adultes : pays développés (Amérique du Nord, Europe, Russie, Japon, Océanie), pays émergents (Amérique latine, Asie de l'Est et du Sud-Est, Asie centrale, Turquie), pays pétroliers (Arabie saoudite, EAU, Oman, Koweit).
Espaces de faible alphabétisation des femmes adultes : Afrique (surtout pays sahéliens), Afghanistan, Pakistan, Irak.
Cette répartition s'explique par le niveau de développement (la pauvreté), la place de la femme dans les sociétés et la situation de pays en guerre.

Identifier des éléments de connaissance pour construire une argumentation .... p. 81

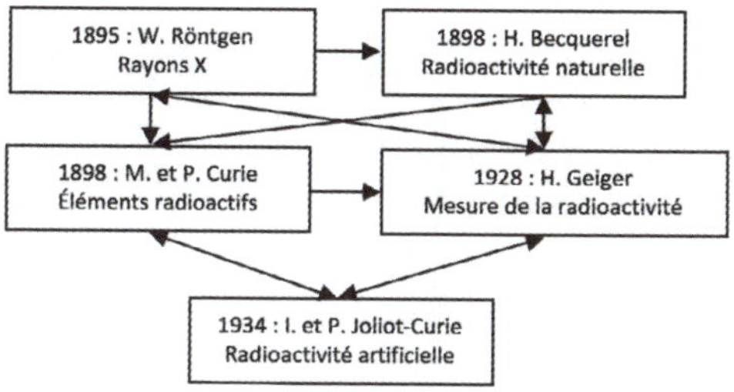

La connaissance, enjeu politique et géopolitique

Interpréter un document iconographique .... p. 84
Relever le nom des dossiers de la mallette et les relier aux types d'actions secrètes/autorisées/entre les deux ; arme qui se trouve avec ; comprendre les méthodes employées par les espions et les agences de renseignement. Aspect de propagande avec l'omniprésence de la faucille et du marteau ; qualification d'« articles d'importation ».

Restituer des connaissances .... p. 84
Parmi d'autres : RFA / RDA / Secteurs d'occupations / Forces d'occupation / Mur / Points de passage / Population civile / Lieux de rencontre / « pont des espions »...

Réaliser un croquis de synthèse d'une situation géographique .... p. 85

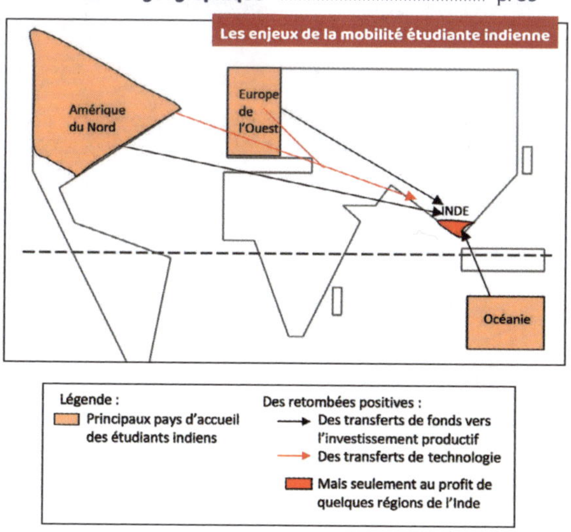

Expliquer une situation .... p. 85
Éléments de réponse : innovation ; améliorations technologiques ; amélioration de la productivité industrielle ; produits à meilleure valeur ajoutée.

Le cyberespace : conflictualité et coopération entre les acteurs

Compléter un tableau .... p. 88

Acteurs publics	Rôle dans le fonctionnement du cyberespace	Rôle dans les cybermenaces et cyberattaques
États-Unis Autres États	Mise en place des infrastructures matérielles Législation sur le cyberespace	Espionnage informatique Désorganisation des autres puissances (virus informatiques)

Acteurs privés	Rôle dans le fonctionnement du cyberespace	Rôle dans les cybermenaces et cyberattaques
Entreprises (firmes)	Créent et mettent à disposition les moteurs de recherche, réseaux sociaux, sites marchands, etc.	Création de logiciels pour contrer les virus
Individus ou associations	Utilisateurs d'Internet	Criminels du cyberespace Usage du cyberespace comme lieu de protestation

Retrouvez nos ouvrages

Studyrama

Composition : **Stéphane Mac Donald**
Édition : **Myriam Pasek**
Imprimé en France en décembre 2020
par l'imprimerie Sepec – 10803201221
ISBN : 978-2-7590-4243-2